W0415141

don't go knotting my heart

MONSTERVILLE, BUCH 4

AVA ROSS

ENCHANTED STAR PRESS

DON'T GO KNOTTING MY HEART

Monsterville, Buch 4

Copyright © 2023 Ava Ross

Alle Rechte vorbehalten.

Kein Teil dieses Buches darf in irgendeiner Form oder mit irgendwelchen elektronischen oder mechanischen Mitteln, einschließlich Informationsspeicher- und Abrufsystemen ohne schriftliche Genehmigung der Autorin vervielfältigt werden mit Ausnahme der Verwendung von kurzen Zitaten mit vorheriger Genehmigung. Namen, Personen, Ereignisse und Begebenheiten beruhen auf der Fantasie der Autorin. Jede Ähnlichkeit mit einer lebenden oder toten Person ist rein zufällig.

Titelbild von Wolfraven Studio

Bearbeitung durch Owl Eyes Proofs & Edits

Übersetzer: Anne Lomberg

Für meine Eltern,
die immer daran geglaubt haben, dass ich es schaffen kann.

serien auf deutsch von ava

Galaxie-Spiele

Bestialischer Alien-Boss

Die Schicksalsgefährten der Ferlaern-Krieger

Feiertagsdate mit einem Alien
(Frost, Sleye)
(Science-Fiction Weihnachtsgeschichten)

Monsterville

don't go knotting my heart

Ich verliebe mich in einen Wolfswandler, aber meine Vergangenheit könnte uns beide gefährden.

Ich bin aus einem Leben voller Angst in die wunderschöne Bergstadt Monsterville geflohen, wo ich Storm kennenlerne, einen hinreißenden Wolfswandler. Seine wölfische Art und seine berauschenden Küsse ziehen mich in den Bann und die Zukunft, die er mir anbietet, eine Zukunft voller Frieden und Liebe, lässt mich nach einem Leben sehnen, von dem ich nie dachte, dass ich es finden würde.

Er lädt mich zu einem Wolfsrudel-Treffen ein, bei dem die Dinge zwischen uns nur noch besser werden. Aber meine Vergangenheit verfolgt mich, und wenn ich nicht fliehe, holen sie mich zurück und sperren mich an einen Ort, wo Storm mich nie finden wird.

Don't Go Knotting My Heart spielt in der Welt von Monsterville, USA. Jedes Buch kann für sich alleinstehen, aber am besten liest man sie in der Reihenfolge. Freu dich auf romantische Verwicklungen mit Monstern, erotische Momente und Happy Endings.

Anmerkung: Wir haben uns entschieden, für Darrow einen männlichen Artikel des Gorgone zu verwenden, auch wenn wir natürlich wissen, dass das grammatikalisch nicht korrekt ist.

Entdecke die ganze Welt von Monsterville!

Candy for my Ork Boss
Ork Me Baby One More Time
Gargoyles Just Want to Have Fun
Don't Go Knotting My Heart
Whose Bed Have Your Claws Been Under?
Uptown Oger
Oops, I Elf'd it Again
My Ork-y Breaky Heart
Hold Me Closer, Fiery Phoenix
Who Let the Dämon Out?

KAPITEL 1

Luna

Als ich nach Monsterville zog, um den Fängen meines Bruders zu entkommen, hätte ich nie erwartet, dass mir meine neue Stadt so gut gefallen würde. Es war eine Ironie des Schicksals, dass ich es hier liebte. Die Monster gaben mir ein Gefühl von Frieden und Glück, das ich bei den Menschen, die ich zurückgelassen hatte, nicht finden konnte.

Ich hatte ein neues Zuhause. Eine neue Art zu leben.

Einen neuen Namen.

Würde ich hier länger bleiben können als an den letzten Orten, an die ich geflohen war? Das würde sich mit der Zeit zeigen.

Es wäre zu schade, wieder weglaufen zu müssen, nachdem ich endlich eine Stadt gefunden hatte, die mir gefiel.

Ich joggte den Pfad entlang, der sich durch den Wald am Rande der Stadt schlängelte; meine Füße stampften rhythmisch auf den Boden. In den Bäumen um mich herum zwitscherten und schimpften Vögel und Eichhörnchen, weil ich ihre Ruhe gestört hatte. Abgefallene Blätter knirschten unter meinen Turnschuhen und verströmten einen stechenden, erdigen Geruch, der Erinnerungen an Kindheitstage wach werden ließ, in denen ich in Laubhaufen sprang und mich danach vor den Kamin setzte, um einen heißen Kakao zu trinken.

Die Nähe zur Natur brachte Frieden in mein turbulentes Leben. Es gab keinen besseren Weg, um den Kopf freizubekommen und die Seele aufzutanken.

Ich atmete die frische, saubere Luft ein und meine Laune verbesserte sich.

Als ich bei einer Kurve abbog, erblickte ich einen großen silbernen Wolf, der etwa zehn Meter entfernt stand, mit seinen Pfoten fest in den Boden gestampft und seinem prächtigen Fell, das im Wind wehte.

Mein Tempo verlangsamte sich, bis ich zum Stehen kam. Ich starrte ihn an, während er mich beobachtete.

Es konnte kein echter Wolf sein. Ja, Monsterville liegt in einem Tal, das von wilden Bergen umgeben ist, die so hoch sind, dass sie fast das ganze Jahr über von Schnee bedeckt sind. Ich hatte gehört, dass hoch oben in den Bergen Bären lebten, aber ich hatte gelesen, dass echte Wölfe nicht mehr in dieser Gegend zu finden sind.

Nur *Wolfswandler*.

Als Hundeliebhaberin wusste ich zu schätzen, wie majestätisch diese Kreatur war, von seinem dichten silbernen Fell bis zu seinem buschigen Schwanz. Er war riesig; sein Kopf reichte mir bis zur Mitte der Brust.

Kein "echter" Wolf hatte moosgrüne Augen.

Dass er ein Rüde war, erkannte ich an seiner Größe, seiner breiten Brust und seinem Kopf. Genau wie ich es von Haushunden kannte, waren die Weibchen oft schmaler gebaut. Außerdem hatte er markante Gesichtszüge, darunter eine klobige Schnauze.

Für einen Moment trafen sich unsere Blicke und ich spürte eine Vielzahl von Emotionen in seinen schönen Augen. Erregung. Sehnsucht. Und ein wenig Traurigkeit, die mein Herz wie eine Klinge durchbohrte.

Ich ging auf ihn zu, denn ich *musste* einfach zu ihm gehen, aber bevor ich ihn erreichen konnte, drehte er sich um und trottete in die dichte Pflanzenwelt entlang des Weges.

Nachdem ich kaum atmend gewartet hatte, um zu sehen, ob er wieder auftauchen würde, lief ich weiter und während ich lauschte, hörte ich nicht, dass er mir folgte.

Ich spürte, dass er mich beobachtete, als wäre er auf einen Felsvorsprung geklettert und würde auf mich herabblicken, um mich vor den Gefahren des Waldes zu schützen. Ich lief schneller, fühlte mich sicherer und stärker, so lebendig wie seit Jahren nicht mehr.

Hinter einer Kurve verlangsamte ich mein Tempo, um über einen Abschnitt zu schleichen, an dem der Boden während eines früheren Sturms weggespült worden war. Steine rutschten unter meinen Füßen weg, klirrten über die Kante zu meiner Rechten und fielen die steile, felsige Klippe hinunter.

Ich hatte die holprige Strecke fast hinter mir gelassen, als sich der Boden verlagerte. Er gab unter meinen Füßen nach und mir stockte der Atem. Mein Knöchel verdrehte sich und mein schriller Schrei ertönte, als der Schmerz mein Bein hochschoss.

Vögel kreischten und flogen in die Luft, während ich mich trotz des stechenden Schmerzes in meinem Bein bemühte, wieder auf die Beine zu kommen. Ich stürzte nach unten und versuchte mich an Baumstümpfen festzuhalten, riss aber nur die toten Blätter ab. Ich stolperte und prallte gegen umgestürzte Bäume und große Felsen. Ich landete mit einem harten Aufprall auf den Grund einer Schlucht; der Wind schlug mir entgegen.

Einen Moment lang lag ich auf dem Bauch, die Gliedmaßen ausgestreckt, benommen und verwirrt. Eine schnelle Bestandsaufnahme machte deutlich, dass meine rechte Schläfe schmerzte und dass ich blutete, wenn auch nicht sehr stark. Mein Knöchel pochte, aber abgesehen von ein paar brennenden Stellen an den Armen und an den Seiten schien ich mich nicht allzu sehr verletzt zu haben.

Als ich meinen Oberkörper anhob, spürte ich den Schnitt in meiner rechten Handfläche und verkrampfte. Ich spähte die Klippe hinauf und seufzte, um zu sehen, wie weit ich klettern musste, um den Pfad zu erreichen.

Was du heute kannst besorgen, das verschiebe nicht auf morgen.

Ich rollte mich vorsichtig auf den Hintern und hielt meinen Kopf fest, bis er aufhörte, sich zu drehen. Vielleicht hatte der Sturz mehr Schaden angerichtet, als ich dachte.

Ein Rundumblick verdeutlichte, dass ich am Fuße eines winzigen Tals gelandet war, dessen steile Hänge eine Senke im Wald bildeten. Ein Rinnsal eines Baches floss eine Felswand hinunter. Das Wasser floss etwa sechs Meter über den niedrigen Bereich, bevor es in der Nähe eines großen Felsbrockens im Boden verschwand. Wenigstens bin ich nicht gegen den Felsbrocken geknallt, bevor ich zum Stehen kam.

Ich klammerte mich an den struppigen Baum neben mir und zog mich damit auf die Füße. Mein Knöchel gab nach und ich stöhnte auf, als ich wieder zu Boden fiel und mit der Hüfte heftig auf einen Stein aufschlug.

Mit brennenden Tränen in den Augen rollte ich mich auf den Rücken und starrte in den Himmel. Ich hatte mein Auto auf dem Parkplatz am Fuße des Pfads stehen lassen, aber ich war etwa drei Kilometer gelaufen und hatte vor, umzudrehen und zum Parkplatz zurückzukehren, lange bevor die Sonne unterging.

Saß ich hier fest?

Auf keinen Fall. Egal, in welcher Situation ich mich befand, ich würde niemals aufgeben. Aufzugeben bedeutete, in meine schlimmsten Albträume einzutauchen.

„Krieche", flüsterte ich. Ich erhob mich auf Hände und Knie und begann die Seite hinaufzuklettern, die nicht so steil war wie die anderen. Ich versuchte es immer wieder, aber ich stieß ständig auf weiche Stellen, wo der Mutterboden weggespült worden war und rutschte zurück.

Schließlich hörte ich auf, es zu versuchen. Aufgeben war nie eine Option, aber es war klar, dass ich nicht in der Lage sein würde, mich aus dieser Falle zu befreien.

Wenn ich in meinen siebenundzwanzig Jahren nichts anderes gelernt hatte, dann dass ich das Leben, das ich wollte, nur haben konnte, wenn ich es mit beiden Händen festhielt. Aber mit jedem Versuch verlor ich mehr meiner Kraft. Mein Körper zitterte, und mein Knöchel pochte. Es konnte nicht schaden, sich einen Moment auszuruhen und sich neu zu sammeln.

Jemand würde an dem Pfad vorbeikommen. Ich würde es hören, rufen, und sie würden mich retten.

Ich schnallte meine Gürteltasche ab, weil die Beule dort schmerzte, wo sie auf meine Wirbelsäule drückte und legte sie neben mich, dankbar, dass ich ein paar grundlegende Dinge mitgenommen hatte, die für mein Überleben wichtig sein könnten. Wenn ich nur daran gedacht hätte, mein Handy gestern Abend aufzuladen. Als ich den Parkplatz am Fuße der Berge erreichte, stellte ich fest, dass der Akku so gut wie leer war. Anstatt es mitzunehmen, habe ich es im Auto gelassen. Ein schlechter Schachzug meinerseits.

„Hilfe", schrie ich und ging wieder auf die Knie. Ich schrie immer und immer wieder in der Hoffnung, dass jemand in der Nähe sein würde, der es hören konnte.

Nur das Geschnatter der Streifenhörnchen und der leise Ruf einer Taube durchbrachen die Stille zwischen meinem Gebrüll.

Wieder versuchte ich aus der Schlucht herauszuklettern, aber wie zuvor rutschte ich wieder dorthin zurück, wo ich angefangen hatte.

Da ich anscheinend für eine Weile hier festsitzen würde, lehnte ich mich an die Felswand und stützte mein Gesicht in die Handflächen. Die Sonne neigte sich dem Horizont zu, der Mond ging auf und schaute auf mich herab. Wolken zogen über den Himmel und ein bitterer Wind huschte durch die Schlucht, fest entschlossen, mir die Wärme zu entziehen. Ich klapperte mit den Zähnen und mir lief ein Schauer über den Rücken.

Ich öffnete meine Tasche und holte die winzige Taschenlampe heraus, die ich vor langer Zeit hineingesteckt hatte. Dunkelheit bringt Gefahr, das hatte ich schon als Kind gelernt. Hier draußen waren die Chancen gering, dass das Raubtier, das mir etwas antun wollte, als ich zehn Jahre alt war, mich fand, aber die Möglichkeit, die Nacht mit einem so winzigen Licht zu durchdringen, verlangsamte meinen Herzschlag und ließ mich ruhiger atmen.

Ich schrie immer wieder in der Hoffnung, dass mich jemand hören würde, aber niemand antwortete.

Da ich nicht völlig nutzlos war, schleppte ich heruntergefallene Äste, die mit totem Laub bedeckt waren näher heran und räumte den Boden darunter frei, auf dem ich vielleicht die ganze Nacht liegen musste.

Ein Zittern durchfuhr mich. Ich trug ein kuscheliges Unterhemd und Leggings und die würden heute Abend nicht ausreichen, um mich warm zu halten. Ich zog meine dünne Windjacke aus der Tasche, zog sie an und fühlte mich nur unwesentlich wärmer.

Als die Sonne verschwand und mir die Ruhe raubte, musste ich mich zusammenreißen, nicht zu weinen.

Ich legte mich hin und zog die mit Laub bedeckten Äste über mich. Wenigstens hielten sie einen Teil des Windes ab.

Das Gestrüpp in der Nähe des Felsbrockens raschelte und ich hob den Kopf, um in die Richtung zu blicken. Goldene Augen schimmerten im Mondlicht. Sie bewegten sich auf mich zu.

Mein Herz schlug mir bis zum Hals. Ich kletterte die Felswand hinauf und schrie vor Schreck auf, als ich wieder auf den Boden rutschte.

Ein Blick über die Schulter machte klar, dass die

Kreatur weiterhin auf mich zukam und mit den dumpfen Schlägen ihrer Pfoten Blätter und Stöcke verschob.

„Nein", schrie ich. „Hau ab!" Ich schnappte mir einen Stein und warf ihn, aber er schlitterte etwa dreißig Zentimeter von den glühenden Augen entfernt über den Boden. Was auch immer es war, es wich nicht zurück. Es kam immer weiter, schlich näher. Ein leises Knurren ertönte, das um mich herum widerhallte.

Mit einem Stock in der Hand kroch ich am Fuße der Klippe entlang, entfernte mich von der Kreatur und hoffte einen Platz zum Verstecken zu finden.

Ich bin mit dem Kopf gegen etwas gestoßen. Ich kreischte.

Ich taumelte rückwärts und fiel auf den Rücken. Ein Wimmern entrang sich meiner Kehle, als das, was mir begegnet war, auf mich zukam und mich überrannte. Die Wolken rissen auf und das Mondlicht fiel auf den Wolf, den ich vorhin auf dem Pfad gesehen hatte.

Er sprang von mir herunter und rannte auf die Kreatur zu, sodass sie aufschrie und in die entgegengesetzte Richtung rannte, hinter den Felsen kletterte und ihr der Wolf folgte. Bellen und Knurren ertönten, als die beiden miteinander kämpften.

Stille kehrte ein. Ich kauerte mich gegen den Felsen, meine Zähne klapperten. Das Adrenalin, auf das ich mich verlassen hatte, als ich versucht hatte, aus dieser Falle zu klettern, war längst verpufft. Ich war ein Wrack und wollte nur noch schluchzen.

Blätter knisterten und ein Stock knackte auf der anderen Seite der Schlucht.

Der Wolf erschien im Mondlicht. Er trottete zu der

Stelle, an der ich zuvor unter den Ästen gelegen hatte und beschnupperte den Boden. Er hob meinen Rucksack mit den Zähnen auf, brachte ihn zu mir und ließ ihn zu meinen Füßen fallen. Nachdem er die Äste herübergezogen und neben mich gelegt hatte, schob er seine Schnauze vor und berührte kurz meine Nase in einem wölfischen Kuss.

Trotz seiner kürzlichen Verteidigung kroch mir die Angst in den Nacken. Ich sollte versuchen zu fliehen, aber ich spürte, dass er mir nichts Böses wollte. Er hatte mich vor der anderen Kreatur beschützt und jetzt wollte er mich für die Nacht in Sicherheit bringen.

„Wenn du ein Wandler bist, könntest du dich dann in deine menschliche Form zurückverwandeln?", fragte ich; meine Stimme zitterte. „Ich habe Angst."

Er schob meinen Rucksack näher heran, hob einen Ast an und zog den dicksten Teil über mich.

Als ich vollständig bedeckt war, hob er die Äste mit seiner Schnauze so weit an, dass er darunter hindurchkriechen konnte. Mit einem schweren Seufzer ließ er sich neben mir nieder und stützte seine Schnauze auf meinen Oberschenkel.

Ich berührte zaghaft seinen Kopf, woraufhin er schnaufte und sich in meine Hand lehnte.

„Bist du wie ein domestizierter Hund?", flüsterte ich. „Sie mögen es, wenn man ihnen die Ohren krault."

Ich tat es mutig und er grunzte, schob eine Pfote auf meinen Oberschenkel, kroch langsam an mir hoch bis seine Wärme mich wie eine dicke, silberne Felldecke bedeckte.

„Du bist schwer", sagte ich mit einem leisen Lachen und kraulte ihm immer noch die Ohren. „Aber ich bin so froh, dass du hier bei mir bist. Du hast mich vor dieser furchtbaren Kreatur gerettet."

Er bellte, als würde er lachen.

„Nun, vielleicht keine große Kreatur. Was auch immer es war", fügte ich hinzu. „Sie kam immer näher. Vielleicht hätte sie mich gebissen."

Er schien zu nicken.

Ich öffnete meinen Rucksack und holte den Proteinriegel heraus, den ich vorhin hineingesteckt hatte, und sparte meine kleine Tüte mit Nüssen für später auf. Ich riss die Packung auf, brach eine Hälfte ab und bot sie dem Wolf an, aber er wandte seine Nase ab.

„Hast du keinen Hunger?", fragte ich.

Er schnaubte.

Vielleicht nicht. Hungrig aß ich alles auf; ich war versucht, die Innenseite der Verpackung abzulecken. Ich spülte es mit ein paar Schlucken aus der kleinen Wasserflasche runter, die an meinem Rucksack befestigt war und war froh, dass ich auf die Ratschläge der anderen gehört hatte, niemals ohne eine Grundversorgung zu joggen.

Ich würde aber nie wieder ohne ein voll aufgeladenes Handy losziehen.

Für den Moment gesättigt, rutschte ich tiefer, legte mich hin und schob die belaubten Äste um uns herum. Er ließ sich neben mir auf den Boden fallen und drückte sich mit seiner ganzen Länge gegen meine Körpervorderseite, damit ich ihn in Löffelstellung umarmen konnte. Ich staunte, wie groß er war, sein Körper war länger als meiner, wenn er sich ausstreckte.

Mit meinem Rucksack als Kopfkissen döste ich.

Die Temperatur sank, aber nur ein kurzes Frösteln

überkam mich, und das kam hauptsächlich von der Angst. Mein Wolf hielt mich sicher und warm und mit diesem Gedanken fiel ich in einen tiefen Schlaf.

Ich erwachte mit einem Schreck, setzte mich auf und schlug die Äste zur Seite, während ich mich umschaute. Das Sonnenlicht der Morgendämmerung schimmerte gelb und orange am Horizont.

Der Wolf war weg.

Nachdem ich einen Schluck Wasser getrunken und ein paar Nüsse gegessen hatte, wagte ich mich erneut an die Klippe heran, aber ich konnte den Pfad immer noch nicht erreichen. Mein wunder Knöchel pochte; er würde nicht mein ganzes Gewicht halten.

Ich hatte mich in mein Nest zurückgezogen, als ein Schrei auf dem Pfad über mir ertönte.

„Hilfe", rief ich. Ich kämpfte mich auf die Beine und stöhnte, als der Schmerz mein Bein hochschoss. „Helft mir! Ich bin hier unten!"

„Hier", rief jemand und seine Schritte kamen näher. „Ich habe sie gehört."

Ein Mann und eine Frau in Rettungsausrüstung spähten mit besorgten Gesichtern über den Rand der Schlucht.

„Sind Sie Luna Hallsworth?", rief die Frau.

Vor drei Monaten? Nein.

Heute?

„Ja", erwiderte ich und Tränen der Erleichterung liefen über mein Gesicht. „Das bin ich. Luna. Ich bin gestürzt. Ich habe mir den Knöchel verletzt. Bitte. Könnt ihr mir helfen?"

„Ich komme runter", sagte der Mann, und die Beruhigung in seiner Stimme ließ meine Brust schmerzen. Ein Schluchzen stieg in meiner Kehle auf; ich setzte mich auf den Boden und verschränkte die Arme vor der Brust.

Ich war in Sicherheit.

Für den Moment.

KAPITEL 2

Storm

„Wärst du bereit, etwas für mich zu tun?", fragte ich meinen besten Freund Goreg.

„Was wäre das?", fragte er, während er Drähte an eine Schalttafel in der großen Scheune hinter dem B&B anschloss, in der er und seine Frau jetzt zusammenlebten. Soweit ich das beurteilen konnte, war ihre Ehe überstürzt. Er war schon eine Weile in sie verknallt, aber soweit ich wusste, hatte er in den sechs Wochen, seit er sie zum ersten Mal in der Stadt gesehen hatte, kein einziges Wort mit ihr gewechselt. Doch plötzlich waren sie verheiratet.

Aber er und Violet konnten ihre Hände nicht voneinander lassen - oder ihre Krallen in Goregs Fall -, also würde ich sagen, es hat alles geklappt, wie es sollte.

„Würdest du so tun, als wärst du mein Besitzer?" Ich kratzte mich im Nacken und machte mich auf sein knappes Nein gefasst.

„Besitzer?" Er drehte sich um, lehnte sich an die Wand und klemmte seine großen, gefalteten Flügel zwischen seinen Körper und die unfertige Rigipsplatte.

„Sieh da ist diese Frau", sagte ich.

Sein dunkelblaues Gesicht verzog sich zu einem Grinsen. „Luna."

„Woher kennst du ihren Namen?"

„Sie kommt jeden Tag mit dem einen oder anderen Hund am Haus vorbei."

„Sie ist eine Hundesitterin."

„Und du bist ein Hund."

„Wolfswandler", bellte ich und schaute dann finster auf sein Dauergrinsen.

„Das Letzte, woran ich mich erinnere, ist, dass du sie vor Wochen gesehen hast und abgehauen bist, als wären die Wolfshunde der Hölle hinter dir her."

„Die Wolfshunde der Hölle sind nie hinter Wolfswandlern her. Wir sind ihrer Spezies zu nah."

„Siehst du?" Er kratzte sich an seinem knorrigen Kopf. „Ich wusste nicht, dass es Wolfshunde der Hölle gibt."

„Warum sollte es sie nicht geben?", fragte ich. „Kommen wir zurück zum Thema. Wie ich schon sagte, hat Luna ein Hundesitting-Business. Sie hat auch eine Hundepension und einen Hundefriseursalon."

Goreg gluckste. „Und du möchtest, dass sie dich frisiert."

„Klingt gruselig, nicht wahr?" Ich zuckte zusammen und meine Schultern sackten in sich zusammen. „Vergiss es."

„Warum gehst du nicht zu ihr und stellst dich ihr vor?" Er drehte sich um und begann wieder mit der Arbeit an der Schalttafel.

„Wir sind uns bereits begegnet."

„Warum bist du dann hier und nervst mich und lässt dich nicht von ihr striegeln?"

Ich rollte mit den Augen. „Sie weiß nicht, dass ich der Wolf bin, der sie im Wald gerettet hat."

„Ich glaube, es gibt da eine Geschichte, die du mir noch nicht erzählt hast."

Da er mein bester Freund war, habe ich ihm fast alles erzählt. Aus irgendeinem Grund hatte ich das für mich behalten.

Ich erklärte, dass ich Luna im Wald gesehen hatte, eine völlig unschuldige Sache. Ich war unterwegs, als ich jemanden hinter mir auf dem Pfad hörte.

Und ja, ich bin ihr gefolgt, als ich sie sah, aber nur, um mich zu vergewissern, dass es ihr gut ging. Es war schon dunkel. Der Parkplatz war bis auf unsere beiden Autos leer. Und der Wald war ein gefährlicher Ort, was sich herausstellte, als der Boden nachgab und sie in die Schlucht stürzte.

„Warum hast du dich nicht in dich selbst verwandelt und sie beruhigt?", fragte Goreg und schloss Drähte an die Schalttafel an. „Dich vorgestellt?"

„Ich konnte es nicht."

Er warf einen Blick mit hochgezogener Augenbraue über seine Schulter. „Warum nicht?"

„Dann hätte sie gewusst, dass ich es war."

„Ist das nicht das Ziel der Sache?"

„Nein." Ich runzelte die Stirn. „Ich schätze, ich war nervös."

„Warum?"

„Du kennst meine Vergangenheit, ich war verrückt nach jemandem, die gestorben ist."

„Du hast gesagt, du warst ein Teenager."

„Aus uns hätte mehr werden können als nur Freunde." Ich vermisste Marlie immer noch. Das würde ich für den Rest meiner Tage tun. Unsere Rudel teilten sich das gleiche Territorium und ihre Eltern waren gut mit meinen befreundet. Wir waren ungefähr zur gleichen Zeit geboren worden und spielten zusammen, seit wir krabbeln konnten.

„Ist sie die Einzige, die du jemals lieben wirst?", fragte Goreg und warf mir erneut einen Blick zu, wobei er seine Krallen auf der Schalttafel abstützte.

„Nein." Ich wusste das in meinem Herzen. Wir wären vielleicht Gefährten geworden oder nur gute Freunde. „Sie starb, bevor wir es herausfinden konnten."

„Ich würde sagen, du weißt nicht so recht, was du von Luna halten sollst. Toller Name übrigens. Er passt total."

„Ja. Der Mond und so. Sie ist allerdings keine Wandlerin. Sie riecht rein menschlich."

„Und dein Rudel ist damit einverstanden, dass du jemandem datest, die keine Wandlerin ist?"

„Sicher. Niemanden interessiert so was." Das Rudel war nicht wie seine Gargoyle-Eltern, die es missbilligt hatten, dass er außerhalb seiner Spezies heiratete.

„Wenn du meinen Rat willst", sagte Goreg, "geh in dieser Gestalt auf sie zu. Sag Hallo. Stell dich vor. Dabei brauche ich dir nicht zu helfen. Es ist ganz einfach."

„Sagt der Gargoyle, der abgehauen ist, bevor sich die Frau, die ihm gefiel, vorstellen konnte", erwiderte ich kopfschüttelnd.

Goreg grummelte. „Das war damals."

„Anstatt 'auf sie zuzugehen und Hallo zu sagen', wie du

vorschlägst, hast du dich auf so ziemlich jedes Gebäude in der Stadt geschlichen, in der Hoffnung, Violet zu sehen."

„Das war damals. Irgendwann *habe* ich mit ihr gesprochen."

Ich seufzte. „Es ist leicht zu sagen, dass man es tun soll, wenn man nicht mit dem Herzen dabei ist."

„Bist du schon in sie verliebt?"

„Sie ist wunderbar."

„Du meinst wie nimm sie mit nach Hause zum Rudel wunderbar oder Freundschaft wunderbar?"

„Nimm sie mit nach Hause zum Rudel wunderbar."

„Also gut", sagte er und steckte sein Werkzeug in die Ledertasche, das auf den Holzdielen lag. „Ich bringe dich zum Hundesalon in die Stadt."

Wir gingen ins B&B, damit er Violet sagen konnte, wohin wir gingen. Als wir in der großen Eingangshalle stehen blieben, die bis zum Dach offen war, rief er ihren Namen.

„Hey", erwiderte sie und lehnte sich über das Geländer im zweiten Stockwerk. Bevor er etwas sagen konnte, kletterte sie auf die Reling und machte einen Schwanensprung in die Luft.

Sie hatten das schon einmal gemacht, also machte ich mir keine Sorgen, dass sie fallen würde. Ich lehnte mich an die Wand und sah zu, wie Goreg seine Flügel ausbreitete und in die Luft sprang, um sie aus der Luft zu reißen. Als er auf dem Teppich im Foyer landete, waren ihre Münder miteinander verschmolzen und ihre Beine waren um seine Taille geschlungen.

Ich wollte knurren, aber stattdessen erfüllte mich Neid.

Ich habe viel an Marlie gedacht, aber seit ich Luna zum

ersten Mal sah, konzentrierte ich mich auf sie. Ein Wolf wusste solche Dinge. Sie könnte diejenige sein, die ich bis zu meinem Todestag lieben würde.

Um das herauszufinden, musste ich sie besser kennenlernen.

Das Rudel hatte bald ein großes Treffen geplant. Sollte ich sie einladen? Ich denke, ich muss erst mit ihr reden.

Schließlich trennten sich Violet und Goreg und er setzte sie auf den Boden und sagte ihr, dass er und ich in die Stadt fahren würden.

„Wann kommst du wieder?", fragte sie und nickte mir zur Begrüßung zu.

„Bevor du mich vermisst", sagte Goreg.

„Zu spät", erwiderte sie mit übersprudelnder Stimme. „Ich vermisse dich jetzt schon."

Ich rollte mit den Augen. Wirklich. Ich fand es toll, dass mein Freund glücklich war, aber könnten wir das in Angriff nehmen, bevor ich grau werde?

Sie küssten sich weiter. Ich starrte auf den Teppich. Schließlich gingen wir zu ihrem Auto und stiegen ein.

„Wann hast du vor dich zu verwandeln?", fragte er und schaute in meine Richtung, während er zu Lunas Geschäft fuhr. „Du weißt, dass die meisten Leute einen Termin für eine Behandlung brauchen."

„Vielleicht nimmt sie Laufkundschaft an."

„Das ist normalerweise für Menschen und Friseure."

„Danke, dass du das für mich machst", seufzte ich. „Ich weiß es klingt seltsam."

„Du hast mir mit Violet den Arsch gerettet, als meine Brüder bei uns eingezogen sind."

Seine Gargoyle-Brüder waren aus purem Unfug

geschnitzt worden. Er und Violet hatten gerade geheiratet, und Violet löste damit einen Gargoyle-Brauch aus, der sie einlud, so lange zu bleiben, wie sie wollten. Ich hatte ihm schon gesagt, dass ich vorbeikommen würde, aber ich bot ihm an zu bleiben, während seine Brüder da waren, um ihre Küche in Ordnung zu bringen. Ich hatte mein eigenes Restaurant, also war es einfach, Vorschläge für Geräte und Schränke zu machen und Lebensmittel zu besorgen. Das B&B war eine Ruine, als sie einzogen.

„Ich würde es wieder tun", sagte ich, als er auf den Parkplatz des Geschäfts fuhr.

Wir saßen im Auto, er ließ den Motor laufen und die Heizung an, da es draußen kalt war.

Er blickte in meine Richtung. „Jetzt wäre es an der Zeit, sich zu verwandeln, es sei denn, du möchtest, dass ich dir in menschlicher Gestalt ein Halsband anlege, dich hineinführe und ihr die Leine übergebe."

Die Idee war gut, aber ich war noch nicht bereit, sie auf diese Art kennenzulernen.

Ich schloss meine Augen und ließ meine Wolfsgestalt die menschliche übernehmen.

„Ich finde das immer noch cool", staunte Goreg. „Ich weiß. Ich bin ein verrückter Gargoyle mit lederner Haut, Klauen und Flügeln, aber deine geschmeidige, pelzige Gestalt zu haben ... Durch die Wälder zu rennen und mit der Natur zu verschmelzen. Ich kann mir nicht vorstellen, dass es etwas Vergleichbares gibt." Er grinste. „Und du quatschst und quatschst, obwohl du eigentlich Lunas Hand lecken willst." Er blickte sich um und runzelte die Stirn. „Ich habe nur ein Stück Seil im Kofferraum. Reicht das für eine Leine?"

Ich nickte.

Mit dem Strick um den Hals watschelte ich seelenruhig neben ihm in das Gebäude.

Luna schaute auf, als sie gerade einen Yorkie badete. Sie hatte ihr langes blondes Haar zu einem hohen Pferdeschwanz hochgesteckt und als ich ihre hübschen blauen Augen und ihre zarte Gestalt betrachtete, schenkte ich ihr ein wölfisches Grinsen. Ich hoffte, dass ich nicht sabberte. Das würde nicht gut ankommen.

Der Yorkie fing an zu bellen und in der Wanne herumzuspringen, zitternd vor Angst. Mein Gott. Ich hatte nicht vor ihn zu essen.

„Kann ich euch helfen?", fragte Luna mit der süßesten, hundefreundlichsten Stimme, die ich je gehört hatte.

„Ja. Ich bin Goreg, und das ist ..." Die Stirn meines Freundes zog sich zusammen. „Fluffy."

Mist. Wir hätten uns auf einen Namen einigen sollen, bevor ich mich verwandelt hatte.

„Er ist mein Hund", fügte Goreg hinzu. „Wolf. Nein, *Hund*."

Ein Lächeln umspielte Lunas Lippen, als sie den Yorkie abspülte und ihn zum Trocknen auf einen Tisch hob. „Bist du sicher?"

„Eindeutig ein Hund", erwiderte Goreg.

Ich seufzte. Wölfe waren geschmeidig. Stark. Majestätisch.

Hunde ... sabbern.

„Das ist Fluffy, der ... große Hund", erklärte Goreg.

„Hallo Fluffy", sagte Luna mit hoher Stimme. „Bist du nicht wunderschön?" Ihre lachenden Augen trafen Goregs.

„Ich glaube ich habe ihn schon einmal gesehen. Ich kann mich nur nicht mehr erinnern wo."

Sie trocknete den Yorkie ab und brachte ihn in einen Nebenraum, wo sie die Tiere hielt.

„Fluffy muss gestriegelt werden", sagte Goreg. Wenigstens diesen Teil hat er richtig verstanden. „Hast du heute einen Termin frei?"

„Hab ich." Sie schritt um den Tresen herum und kam auf uns zu. „Möchtest du ein schönes Bad nehmen mein Großer?"

„Oh, da bin ich mir sicher", erwiderte Goreg lachend. Dabei fiel sein Blick auf mich und ich erkannte sofort, dass das Unfug-Gen nicht nur an seine Brüder, sondern auch an meinen Freund weitergegeben worden war. „Drückst du bei der Fellpflege auch ihre Po-Drüsen aus?"

Po …? Ich hatte vor, ihn zu töten.

„Natürlich." Sie nahm das Seil von Goreg. „Warum kommst du nicht in einer Stunde wieder? Bis dahin sollten wir fertig sein."

„Danke." erwiderte Goreg. Er gab mir einen kurzen Klaps auf den Kopf und ging.

Luna und ich waren allein!

Ich versuchte nicht wie ein Hündchen herum zu hüpfen. Endlich war ich wieder in ihrer Nähe. Sie wollte mich baden. Wir würden …

Sie bückte sich und fuhr mit ihren Fingern in mein Fell, hielt mein Gesicht fest, damit sich unsere Augen treffen konnten. „Zunächst einmal schulde ich dir Dank, *Fluffy*. Du hast mir in jener Nacht das Leben gerettet, und ich hatte nie die Gelegenheit, dir zu sagen, wie viel es mir bedeutet hat, dass du da warst und mich beschützt hast."

Warte. Sie wusste, dass ich das war?

Sie richtete sich auf und warf mir einen strengen Blick zu. „Jetzt nimm deine menschliche Gestalt an oder ich schiebe dich zur Tür hinaus. Du kannst deinen Gargoyle-Freund bitten dich nach Hause zu fahren."

KAPITEL 3

Luna

Wenn er dachte, er könnte mich reinlegen ...

Er verwandelte sich und ich erfuhr die Antwort auf die Frage, die ich im Internet ausgiebig recherchiert hatte, aber nicht finden konnte.

Wenn ein Wolfswandler in seine menschliche Form zurückkehrt, nimmt er seine Kleidung mit.

Er war so süß, dass ich ein wenig enttäuscht war, dass er nicht nackt auftauchte.

„Erzähl mir was los ist", sagte ich und stemmte die Faust in die Hüfte. Stella, der Yorkie, kläffte in ihrer Kiste. „Ist ja gut Süße", rief ich. „Der große böse Wolf wird dich nicht beißen."

Er stotterte.

„Sprache verschlagen?", fragte ich und genoss es, ihn verunsichert zu sehen. Ich bin dem Kerl in der Stadt begegnet, auch wenn wir uns offiziell nicht vorgestellt hatten. Wer könnte ihn übersehen? Umwerfend war eine Möglichkeit, ihn zu beschreiben. Umwerfend und sexy war eine andere, von seinem dichten, kastanienbraunen Haar, das er im Nacken zurückgekämmt hatte über seine gebräunte Haut bis hin zu seinen moosgrünen Augen.

Diese Augen verfolgten mich, seit der Nacht in der er mich gerettet hatte.

„Es tut mir leid", erwiderte er und breitete seine Handflächen aus. „Ich hätte das nicht tun sollen."

Mein neckisches Lächeln wurde schwächer. „Ist das ein Witz für dich und deinen Freund?"

„Ganz und gar nicht."

„Dann erkläre es mir. Ich nehme an, du willst *nicht* wirklich, dass ich deine Analdrüsen ausdrücke."

„Ich bin offen für ein Bad und etwas Pflege, aber ich hoffe, dass ich die Analdrüsenaktion vermeiden kann."

Ich lachte, kehrte aber schnell wieder zurück zum Thema. „Das ist keine Erklärung."

Er seufzte und sein Blick wich von meinem. „Ich wollte dich kennenlernen."

„In Wolfsgestalt?"

„In jeder Gestalt".

„Warum dann die List?" Mein Herz sollte nicht erweicht werden, aber er hatte keinen Schaden angerichtet.

„Es war ein Fehler", sagte er. „Das sehe ich jetzt ein. Ich hätte ohne meinen Freund reinkommen und mit dir reden sollen, dich bitten sollen, etwas Schönes mit mir zu unternehmen."

„Was zum Beispiel?"

Er legte den Kopf schief. „Wollen wir Äpfel pflücken und einen Kuchen backen?"

Das wäre doch mal ein ungewöhnliches Date. „Die

meisten Kerle wollen einen Film, ein Abendessen und alles, was ich sonst noch anbieten kann."

„Ich bin nicht wie die meisten Kerle, aber ich bin offen für Angebote."

Ich wette, dass er das war.

„Außerdem wollte ich mich vergewissern, dass es dir nach deinem Sturz letzte Woche gut geht. Die Klippen waren steil. Du hast dir den Knöchel verletzt." Er schaute auf hinunter. „Wie ist die Lage?"

„Eine Verstauchung. Es wird schon besser. Nachts schwillt er ein wenig an, aber wenn man ihn auf ein Kissen legt und vereist, hilft es."

„Du solltest ihn jetzt auf ein Kissen legen."

Ich deutete auf das Waschbecken, in denen ich Hunde badete und zu dem angrenzenden Raum, in dem ich Tiere in Kisten unterbrachte. Draußen hatte ich Ausläufe für die Hunde und Katzentoiletten für die Kätzchen eingerichtet, die gerne nach draußen gingen, während sie in der Pension waren. „Ich kann nicht immer das Bein hochlegen. Ich muss arbeiten."

„Was jene Nacht angeht", erklärte er, „wollte ich dich aus der Schlucht tragen, aber ich hätte es nicht geschafft, die Klippe hinaufzuklettern."

„Warum hast du dann keine Hilfe geholt? Du hättest mich verlassen können." Mein Verstand hätte vor Panik geschrien, aber es machte den meisten Sinn.

„Weil ein Luchs in der kleinen Höhle hinter dem Felsen wohnt."

Wärme wich aus meinem Gesicht. „Die Kreatur, die sich an mich herangepirscht hat, war ein Rotluchs?" Sie griffen selten Menschen an, aber ich bin in sein Revier geraten. Wer weiß, was er getan hätte, wenn er nicht da gewesen wäre.

„Er fauchte, wie die meisten Katzen, aber ich habe mich nicht getraut, dich mit ihm allein zu lassen."

„Du hast mich am Morgen allein gelassen." Ich konnte nicht verhindern, dass meine Stimme schriller wurde. War ich bereit, ihm zu verzeihen, dass er sich in dieser Nacht nicht zu erkennen gegeben hatte? Er könnte ein schüchterner Wolfswandler sein. Das hatte er bereits bewiesen, als er seinen Freund bat, ihn in Wolfsgestalt herzubringen.

„Ich habe den Luchs kilometerweit gejagt, bis ich sicher war, dass er nicht mehr zurückkommen würde, bevor ich Hilfe holen konnte."

„Du hattest kein Telefon dabei."

„Du auch nicht."

„Es musste aufgeladen werden." Ich schnaufte. „Ich sag dir was. Lass uns mit ein paar Hunden spazieren gehen. Dann können wir reden."

„In Ordnung."

Ich habe Stella und einen flauschigen Malteser namens Fred angeleint und wir sind mit ihnen nach draußen gegangen.

„Waldweg oder Bürgersteig?", fragte ich und deutete mit dem Kopf in Richtung des Waldes hinter dem kleinen Gebäude, in dem ich Räume für mein Geschäft gemietet hatte.

Er starrte lange in den Wald, bevor er sich der Straße zuwandte, die an dem Gebäude vorbeiführte. „Der Bürgersteig ist entspannter für deinen Knöchel, nicht wahr? Wir wollen ihn nicht belasten."

„Danke."

Wir gingen spazieren, ich mit Fred, er mit Stella, die um seine Knöchel tanzte. Sie hatte ihre Angst vor dem großen bösen Wolf überwunden und dachte nun darüber nach, seinen Fanklub zu leiten. Ich konnte es ihr nicht verübeln. Wenn sie mich fragen würde, würde ich wahrscheinlich auch beitreten.

„Du hast mir deinen Namen nicht verraten", sagte ich.

„Storm".

„Ungewöhnlich, aber ich mag es."

Er nickte. „Luna ist wunderschön."

Ich grinste. „Weil du ein Wolfswandler bist. Ich kann mir vorstellen, dass der Mond eine große Rolle in deinem Leben spielt."

„Im Gegensatz zur Mythologie können wir uns verwandeln, wann immer wir wollen. Wir unterscheiden uns von Werwölfen, die je nach Mondzyklus zwangsweise verwandelt werden."

„Werwölfe gibt es wirklich?", fragte ich ungläubig.

„Sicher, aber ich habe schon lange keine mehr gesehen. Es könnte sein, dass sie ausgestorben sind. Wir laden sie ein, sich unseren Rudeln anzuschließen, aber sie sind oft verwildert und müssen beobachtet werden."

Das hörte sich beängstigend an. Aber . . .

„Es muss toll sein, ein Wolfswandler zu sein", seufzte ich und Neid lag in meiner Stimme. „Wenn du jemanden beißt, verwandelt er sich dann auch in einen Wolf?"

Er krümmte seinen Hals, um mich beim Gehen beobachten zu können. „Du klingst fast so, als würdest du dich für so etwas interessieren."

Die Sonne schien und ließ den Herbsttag fast warm

erscheinen, obwohl ich froh war, dass ich einen dicken Mantel trug. Bald würde ich Handschuhe und eine Mütze brauchen. Ich konnte es kaum erwarten, dass der Schnee die Welt in Weiß hüllte.

Ich hob mein Kinn. „Vielleicht tue ich das." Das würde mir die Möglichkeit geben, völlig zu entkommen. Meine Familie würde mich nie finden, wenn ich in Tiergestalt durch die Wälder rennen könnte. Ich würde so lange rennen und mich verstecken, bis sie meine Spur verloren hätten.

„Dann muss ich dir leider Nein sagen." Er schaute mich an. „Sorry!"

„Also kein Beißen", erwiderte ich und ließ die Schultern hängen.

Freude funkelte in seinen Augen. „Oh das habe ich nie gesagt." Seine Stimme senkte sich zu einem tiefen, heiseren Ton, der Funken durch mich schießen ließ. „Ich würde mich freuen, es dir jederzeit zu geben."

„Wir kennen uns kaum", stotterte ich, obwohl wow. Ich wollte ihn fast herausfordern, es zu tun.

Er schlug mit der Handfläche auf seine Brust. „Wie kannst du das sagen, nachdem wir zusammen geschlafen haben?

Ich stupste ihn mit meiner Schulter an. „Witzig." Weil es unterhaltsam war, ihn zu necken, fuhr ich fort. „Es wäre interessanter gewesen, wenn du nicht die Wolfsgestalt gehabt hättest."

Er blieb auf dem Bürgersteig stehen und starrte nach vorne. Stella sprang an sein Bein und wimmerte. Fast hätte ich das Gleiche getan.

Warum habe ich mich so schnell zu ihm hingezogen gefühlt? Das muss dieser Retterkomplex sein. Ich war ihm dankbar, also war ich ... Ich schüttelte den Kopf. Auf keinen Fall würde ich mich in jemanden verlieben, nur weil er mich eine Nacht lang beschützt hat. Wenn ich mich verliebt hatte, dann nur, weil ich Storm mochte.

Er grinste mich an. „Meinst du das ernst?"

Aufgeregt über meine unerklärlichen Gefühle begann ich weiter zu gehen. „Du musst dranbleiben, wenn du es herausfinden willst."

„In Ordnung." Er beobachtete ein dunkles Auto, das auf der Straße an uns vorbeifuhr. „Ich habe Goreg überredet, mich in deinen Laden zu bringen, weil ich dich besser kennenlernen wollte."

„Ich dachte, du wolltest dein Fell gebürstet bekommen."

„Nenne Ort und Zeit und ich verwandle mich, damit du mir den Bauch kraulen kannst."

Ich schüttelte den Kopf über seine Sticheleien.

Wir spazierten durch die Stadt und hielten am Cupcake-Laden einer Freundin an, um uns etwas zu gönnen. Die Hunde hüpften herum und kläfften vor Aufregung, bis Rylee, die Besitzerin von *Liebe auf den ersten Biss*, ihnen jeweils einen kleinen Hundekuchen gab. Als Hundeliebhaberin wie ich hat sie sie hier selbst gemacht.

„Cupcake?", fragte sie mit einem Lächeln, wobei ihr Blick von mir zu Storm glitt. Sie zwinkerte mir zu, um ihre Zustimmung zu zeigen. Wir hatten uns vor ein paar Wochen kennengelernt, als ich beim Joggen vom süßen

Duft der Cupcakes angelockt wurde und seitdem bin ich Stammgast in ihrem Laden.

Wenn ich hierbleiben könnte, würde ich unsere Freundschaft fortsetzen, was aber wahrscheinlich nicht passieren würde.

„Welchen Cupcake möchtest du?", fragte ich Storm. „Wir können uns einen teilen, wenn du willst. Sie sind riesig."

„Sie weiß, dass ich einen großen Appetit habe", sagte ihr Ork-Ehemann Gunner, der mit seinem kleinen Sohn Josh aus dem Hinterzimmer kam und neben ihm her watschelte. „Wenn sie mickrige Dinger wären, würde ich sie mit einem Bissen verschlingen." Er hob Josh hoch und setzte ihn auf seine große Schulter, woraufhin der kleine Junge quiekte und sich an einem der Hörner seines Vaters festhielt.

„Ich liebe Schokolade", schmunzelte Storm. „Aber die sehen alle toll aus."

Josh beugte sich vor und streckte seine Arme nach Storm aus.

„Sieht so aus, als hättest du einen weiteren Fan", sagte ich und kicherte. Dass die Hunde ihn liebten, hatte mich nicht überrascht. Es war schön zu sehen, dass auch kleine Kinder ihn mochten.

„Kann ich ihn halten?", fragte Storm voller Sehnsucht.

„Sicher", erwiderte Gunner und setzte Josh ab. Der Junge trollte sich um den Tresen herum und stürzte sich auf Storms Beine. Storm hob den Jungen hoch und stützte ihn gegen seine Hüfte.

„Für welchen Cupcake sollen wir uns entscheiden?", fragte Storm Josh.

„Diesen da", quietschte Josh und zeigte auf einen.

„Schokolade mit Erdnussbutter-Glasur, das ist es." Storm grinste in meine Richtung. „Es sei denn du bevorzugst eine andere Geschmacksrichtung, Luna. Ich bin sicher, der kleine Kerl hat eine zweite Wahl."

„Und eine dritte und eine vierte", lachte Rylee. Sie nickte mir zu und rollte mit den Augen über Storm.

Süßer-Typ-Alarm. Ich hab's verstanden. Es war schwer, einem Mann zu widerstehen, der Hunde und Kinder liebt. Außer ... Ich hatte Mühe, mir ein Lächeln zu verkneifen, während Rylee unseren Cupcake verpackte.

Mir gefiel es in Monsterville, aber ich hatte Angst, dass ich bald fliehen müsste.

Wie lange wird es dauern, bis sie mich finden?

Josh wackelte hin und her und Storm setzte ihn ab. Der Junge hüpfte um den Tresen herum und stürzte sich wieder auf Gunner, der ihn in seine Arme nahm.

Storm bezahlte unseren Cupcake.

„Ich wollte den kleinen Kerl gerade nach Hause bringen", sagte Gunner zu Rylee. „Ich bereite das Abendessen vor, wenn ich da bin."

„Danke", erwiderte sie und umarmte ihn. Sie küssten sich; die süße und liebevolle Geste ließ mich vor Neid erblassen.

Storm hielt die Tüte mit dem Cupcake hoch. „Wer zuerst draußen ist, darf sich den oberen oder den unteren Teil aussuchen." Er zerrte an der Leine. „Komm schon Stella Baby, es ist Zeit für ein Rennen."

„Warte", rief ich und lief hinter ihm her, während Fred an meinen Knöcheln kläffte. „Du kannst den oberen Teil nicht haben."

Draußen wartete er auf mich und saß an einem

hübschen Tisch mit geschwungenen Stühlen. Ein kühles Lüftchen wehte durch die Stadt, aber die Sonne schien auf das kleine Plätzchen und wärmte es angenehm auf.

„Du kannst oben oder unten haben Luna", erklärte er mit einem verschmitzten Lächeln. „Nenn einfach Ort und Zeit und ich bin dabei."

„Du." Ich ließ mich auf den gegenüberliegenden Sitz fallen. „Du bekommst nicht die ganze tolle Erdnussbutter-Glasur für dich selbst."

Er riss den Cupcake vorsichtig in zwei Hälften, sodass jeder von uns ein Ober- und ein Unterteil hatte und reichte mir dann eine Hälfte davon.

Stella und Fred saßen in der Nähe, wedelten mit den Schwänzen und starrten voller Bewunderung zu ihm hoch.

„Ehrlich gesagt", schmunzelte er, „würde ich dir gerne den ganzen Cupcake geben, wenn es ein Lächeln hervorzaubert."

Ich musste zustimmen, denn mir ging es genauso. Ich hatte eine Menge Spaß mit Storm. Würde ich die Chance bekommen, mit ihm etwas Besonderes zu schaffen?

Wir aßen den Cupcake auf und entsorgten den Müll, dann setzten wir unseren Spaziergang fort, plauderten über belanglose Dinge und genossen die Gesellschaft des anderen. Es fühlte sich natürlich an, mit ihm zusammen zu sein und ich wollte ihn besser kennenlernen.

Wir bogen um die Ecke.

Ein schwarzes Auto mit getönten Scheiben stand am Bordstein auf der gegenüberliegenden Straßenseite. Normalerweise würde ich mir nichts dabei denken.

Ich war meiner Familie nur deshalb voraus, weil ich hyper-aufmerksam war.

Meine Schritte wurden langsamer, aber als das Auto stehen blieb und niemand ausstieg, kehrte mein Puls zu einem normalen Rhythmus zurück.

KAPITEL 4

Storm

Wir gingen noch etwa eine halbe Stunde mit den Hunden spazieren und so sehr ich mir auch wünschte, dass unsere gemeinsame Zeit länger dauern würde, wollte ich es nicht übertreiben. Ich mochte Luna sehr und ich wollte sie besser kennenlernen. Wenn ich sie zu sehr bedränge, könnte ich sie wegstoßen.

Aber das hielt mich nicht davon ab, zwei Tage später bei ihr vorbeizuschauen. Ich sah zu, wie sie einen langhaarigen Kater scherte, lehnte mich gegen den Tresen und kraulte das flauschige Tierchen.

„Das nennt man einen Löwenschnitt", erklärte sie über ihre Schulter hinweg. „Maine Coon Katzen neigen dazu, ihr langes Fell zu verfilzen, deshalb bringen manche Besitzer sie her." Sie schaltete die Schermaschine aus und bürstete den Kater gründlich.

Der Kater blinzelte mich an und wie jedes Mal, wenn ich einem Coon begegnete, spürte ich, dass er mich beobachtete, um zu sehen, ob ich vertrauenswürdig war. So ein

Kater konnte groß werden, dieser hier musste 13 Kilo wiegen.

Luna drehte sich mit dem Kater auf dem Arm um und ließ das Tier auf einen Tisch aus rostfreiem Stahl sinken, um es zur Schau zu stellen.

„Siehst du?", erklärte sie und streichelte seinen Rücken. „Löwenschnitt."

Das Fell am Hauptteil seines Körpers war kurz geschoren worden. Die flauschigen Beine blieben erhalten, ebenso wie die "Krause" um den Hals und das Ende des Schwanzes.

„Hast du es jetzt nicht bequemer Teddy?", fragte sie und kraulte den Kater, der mit seinem orange-weiß gestreiften Kopf gegen ihr Kinn wippte. „Coons können unglaublich süß sein. Dieser hier ist ein Liebeskäfer." Sie küsste Teddys Kopf und kraulte seinen Nacken.

Ich beneidete den Kater.

Die Tür öffnete sich hinter mir, eine Glocke darüber bimmelte.

„Teddy Baby!" Eine hübsche Frau mit kastanienbraunem Haar schob sich um den Tresen und hob Teddy hoch, drehte ihn hin und her. „Du siehst toll aus." Sie drückte die Katze gegen ihre Brust und lächelte Luna an. „Wunderbar. Vielen Dank, dass du ihn untergebracht hast. Der dumme Junge lässt sich von mir nicht striegeln. Er toleriert es für ein paar Sekunden, bevor sich seine Augen weiten und er versucht, meine Hand zu zerreißen." Sie schenkte mir ein Lächeln. „Ich bin übrigens Paige. Ich bin vor Kurzem nach Monsterville gezogen und habe eine Stelle in einer örtlichen Anwaltskanzlei angenommen."

„Das ist Storm", sagte Luna. „Er kam vorbei ..."

„Um mit dir Äpfel zu pflücken und dann einen Kuchen zu backen", unterbrach ich sie plötzlich. „Wenn du für heute fertig bist meine ich." Und in der Annahme, dass sie bereit war, auf mein Angebot von neulich einzugehen.

Luna sah von mir zu Paige, die mir zuwinkte und nickte. Ich grinste. Danke für die Hilfe.

„Ich bin fertig", erklärte Luna. „Teddy war meine letzte Behandlung für heute." Sie gab Paige die Rechnung vor und sie bezahlte.

„Wir sind immer noch für die Komplettbetreuung im Dezember vorgesehen, richtig?", fragte Paige. „Ich bin die Trauzeugin bei der Hochzeit eines alten Freundes, der in Petrified Woods lebt."

Eine Stadt, in der Monster nicht geboren, sondern in einem Labor verwandelt wurden. Ich hatte nur ein wenig davon gehört, obwohl es nicht weit von hier entfernt war. Ein Wissenschaftler wurde abtrünnig und experimentierte an ein paar Leuten in der Stadt. Zur Verwirrung der Bewohner von Petrified Woods verwandelten sich die Versuchspersonen in Monster. Aber das ist schon eine Weile her.

„Ich lebte in Petrified Woods, bis ich sechzehn war, meine Eltern ..." Ihre Augen verdunkelten sich. „Sie hatten Angst vor dem, was passiert war und brachten mich weg. Seitdem bin ich nicht mehr zurückgekommen. Ich habe einfach ..." Ihre Augen schlossen sich und ihr Gesicht füllte sich mit Traurigkeit. Sogar Teddy spürte die Veränderung in ihren Gefühlen und legte eine große Pfote auf ihre Wange. Ihre Augen öffneten sich wieder, sie schimmerten vor Tränen. „Mein bester Freund war einer von denen, an denen experimentiert wurde und er ist gestorben. Ich konnte es nicht ertragen, dorthin zu gehen, wenn er nicht da sein würde. Es würde zu sehr wehtun, weißt du? An den Orten zu sein, an denen wir zusammen waren."

„Und jetzt kehrst du zu einer Hochzeit zurück", erwiderte ich leise; mein Herz schmerzte für sie.

„Ja." Sie nickte, ihre Wirbelsäule straffte sich. „Sie und ich haben uns auf Facebook wiedergefunden. Als sie mich fragte, konnte ich es nicht ertragen, nicht bei ihrer Hochzeit dabei zu sein. Hier bin ich also und kehre in die Stadt zurück, aus der ich weggelaufen bin."

„Ich hoffe, es geht alles gut", sagte ich. „Und ich hoffe, dass du dich in dieser Zeit an die schönen Dinge erinnern kannst, die du mit ihm gemacht hast, um die traurigen Momente auszugleichen."

„Das hoffe ich auch", erwiderte sie und drückte ihr Gesicht in Teddys Fell.

„Du weißt, dass Teddy hier immer willkommen ist", erklärte Luna sanft und kraulte Teddys Hals. Das Schnurren des Katers hallte durch den Raum. „Ich habe ihn in meinem Kalender eingetragen. Mach dir keine Sorgen um ihn."

„Danke", seufzte Paige. „Ich bin mir sicher, dass ich dich vorher noch treffe." Sie reichte Teddy an mich weiter und umarmte Luna. „Ich bin dir so dankbar", flüsterte sie.

Teddy blinzelte zu mir auf, sein Blick war stechend, aber eher so, als würde er mich immer noch analysieren. Ich verstand, warum. Wölfe und Katzen waren selten Freunde. Aber als ich ihn im Nacken streichelte, fielen ihm die Augenlider zu und er schnurrte.

„Du hast ein Händchen dafür", schmunzelte Paige und nahm Teddy zurück. Sie legte ihn in eine große Tragetasche, die normalerweise für einen mittelgroßen Hund verwendet wird und machte sich auf den Weg zur Tür. Als sie an mir vorbeiging, grinste sie, hielt inne und beugte sich dicht vor, um leise zu sagen. „Ich wünsche dir alles Gute Storm. Luna ist wunderbar."

Das ist sie.

Paige ging und ich lehnte mich wieder gegen den Tresen.

„Ich werde mich vergewissern, dass meine Tierchen zufrieden sind und dann können wir gehen. Wenn ich sie versorgt habe, brauche ich erst morgen früh wiederzukommen. Ich habe Kameras an jedem Tier und beobachte sie über eine App auf meinem Telefon."

Ich half ihr dabei, dafür zu sorgen, dass ihre Ausläufe sauber waren und dass sie genügend Futter und Wasser hatten.

Sie schloss die Haustür ab und schaute sich um. „Wird es nicht zu dunkel, um Äpfel zu pflücken?"

Die Sonne schwebte am Horizont und schoss rosa-goldene Strahlen in den Himmel. In einer halben Stunde würde die Dunkelheit überhandnehmen.

„Sie haben überall im Obstgarten funkelnde Lichter aufgehängt", sagte ich. „Es ist festlich. Aber wenn du lieber Feierabend machen und nach Hause gehen willst, verstehe ich das."

Sie grinste zu mir hoch. „Aber du bist ein Spitzenkoch und du hast gesagt, du machst mir einen Apfelkuchen. Das lasse ich mir nicht entgehen."

„Dann hier entlang." Ich nahm ihre Hand und führte sie zu meinem Jeep, öffnete ihre Tür und wartete, bis sie saß und angeschnallt war, bevor ich zum Fahrersitz schritt.

Der Obstgarten lag am Rande der Stadt, und es dauerte nicht lange, bis wir dort waren. Sie gaben uns einen Eimer und zeigten uns auf einer Karte die Apfelsorten, die wir pflücken konnten.

„Ich denke, so ziemlich jeder Apfel eignet sich gut für einen Kuchen", schmunzelte Luna und schwang den Eimer, während wir einen Weg neben den Apfelbaumreihen entlanggingen. „Was denkst du?"

Ich betrachtete die Pfosten mit den winzigen weißen Lichtern, die zwischen ihnen aufgereiht waren. Der Mond war aufgegangen und obwohl ich als Wolfswandler und nicht als Werwolf geboren wurde, rief die leuchtende Kugel nach mir, wie sie es vor all den Jahren bei Werwölfen getan haben musste.

„Ich kann nicht glauben, dass du nicht weißt, dass Pink Lady am besten für Kuchen geeignet sind", lachte ich, nahm ihre Hand und drückte sie.

Sie tat so, als würde sie keuchen. „Was macht dich zu einem Experten für Apfelkuchen?"

„Wie du freundlicherweise bemerkt hast, bin ich ein geschätzter Küchenchef. Ich besitze sogar mein eigenes Restaurant." Ich sagte das mit Stolz, nicht mit Überheblichkeit. Ich hatte hart für das gearbeitet, was ich erreicht hatte.

„Warum spazierst du dann durch einen Obstgarten, anstatt zu kochen?"

„Ich habe eine ganze Flotte von Köchen, die im Restaurant arbeiten und Gerichte nach meinen Wünschen zubereiten. Jetzt übernehme ich hauptsächlich Managementaufgaben." Was mir gefiel. „Aber zurück zu deiner leider mangelhaften Auffassung von Äpfeln und

Kuchen. Jeder Apfel ist nicht gut genug. Wir wollen, dass dieser Kuchen perfekt ist."

Ich liebte Kuchen. Ich konnte es kaum erwarten, Kuchen zu backen und zu essen. Aber vor allem wollte ich einfach nur mit Luna zusammen sein.

Sie rollte mit den Augen. „Dann mach weiter Mr. Tortenexperte."

Ich zeigte auf ein kleines Schild: Pink Lady.

Sie huschte einen grasbewachsenen Gang zwischen zwei Reihen von Pink Lady-Bäumen entlang und blieb auf halbem Weg stehen, um die Äpfel zu studieren, die um uns herum wuchsen. Sie hatten sogar Lichterketten zwischen den Reihen angebracht, sodass wir genug Licht hatten, um zu sehen, was wir taten. „Sind die gut?" Sie zeigte auf einen Baum, stellte den Eimer auf den Boden und begann zu pflücken.

„Die sind wunderbar. Soll ich ein paar weiter oben pflücken?" Der Baum war voll mit Äpfeln. Es würde nicht lange dauern, bis wir unseren Eimer gefüllt hätten.

„Da ist eine Leiter", erklärte sie und begann, sie näher an den Baum heranzuziehen.

„Ich mach das", erwiderte ich, nahm sie ihr ab und stellte sie unter den Ästen auf.

„Ich zuerst." Mit einem Lachen kletterte sie hinauf.

Ich folgte ihr natürlich bis ganz nach oben, wo sie eine Stufe über mir stand. Wir waren nicht auf Augenhöhe, da ich im Vergleich zu ihr riesig war, aber wir waren nah genug, dass ich die Freude in ihren Augen erkennen konnte.

Ich zupfte an einer Strähne ihres wunderschönen

blonden Haares und genoss das Gefühl der seidigen Strähnen zwischen meinen Fingern.

„Hey", sagte sie und schlug mir spielerisch die Hand weg. „Wenn du so weitermachst, werden wir nie genug Äpfel für Kuchen sammeln."

„Und wenn ich das tue?" Ich berührte sanft ihr Gesicht.

Ihre Freude verstummte und ihre Lippen öffneten sich. Gab es etwas Einladenderes als das?

Ich lehnte mich gegen sie. „Ich werde dich küssen Luna."

„Dann hör auf zu reden und fang an zu küssen Storm."

Ich forderte ihren Mund ein und ihr Kuss durchbohrte mich. Ich verlor mich schnell und die Welt um uns herum hörte auf zu existieren. Alles, woran ich denken konnte, war, ihr Vergnügen zu verschaffen, sie zu berühren.

Sie stieß ein kleines Stöhnen aus und klammerte sich an meine Schultern, als ob wir auf dem Meer verloren wären und nur ich sie retten könnte. Ich würde sie mit meinem Leben beschützen; alles geben, um sie vor Gefahren zu bewahren.

Ich hob meinen Kopf.

„Hör jetzt nicht auf", flehte sie und zog mich wieder an sich. Dieses Mal beanspruchte sie meine Lippen und ich verlor mich erneut in dem berauschenden Gefühl, mit jemandem zusammen zu sein, den ich …

Ich könnte sie lieben. Nur ein Stich durchfuhr mein Herz bei dem Gedanken, gefolgt von einem Nebel der Traurigkeit, der im Winde verweht wurde.

Als ich jung war, hatte ich andere Pläne, die mit dem Tod meiner Freundin zusammenhingen. Das Leben hat eine seltsame Art, einem jemanden wegzunehmen und dann die leere Quelle mit jemand Neuem zu füllen. Es war nicht falsch, sich in Luna zu verlieben. Es wäre falsch, mich für den Rest meiner Tage in Trauer zu suhlen.

Wir trennten uns und ich drückte meine Stirn gegen ihre, wobei ich meine Arme um sie legte, um sicherzustellen, dass sie sicher auf der Leiter stand.

„Ich küsse dich gerne Luna", grummelte ich.

„Ich dich auch Storm." Ihre Lippen schürzten sich. „Lass uns die Äpfel pflücken und unseren Kuchen backen, und dann ..."

„Und dann?"

„Wir werden sehen, was die Nacht noch bringt."

KAPITEL 5
Luna

Wir trafen Chastity und Max, als wir unseren Eimer mit Äpfeln zur Kasse trugen, um zu bezahlen.

„Ich freue mich so darauf zu pflücken", sagte Chastity und rutschte auf ihren Absätzen hin und her.

Ich hatte sie in der Stadt gesehen. Sie und Violet waren beste Freundinnen, aber ich hatte noch keine Gelegenheit gehabt, mehr als ein paar Worte mit ihr zu wechseln. Von ihr hatte ich allerdings schon viel über Max gehört. Es war klar, dass sie ihren Ork-Ehemann verehrte.

Sie grinste Storm an und dehnte das Lächeln auf mich aus, indem sie mir subtil zuzwinkerte. „Ich brenne schon seit Wochen darauf, meine Zähne in einen knackigen, säuerlichen Apfel zu stecken."

„Ich habe gehört, dass das Verlangen nach der Schwangerschaft auch nach der Geburt des Babys bestehen bleibt", erwiderte Max und legte seinen Arm um Chastity.

Ihre kleine Tochter schlief in einem Tragetuch, das auf Max' Brust geschnallt war. Ich habe gehört, dass sie ihr Baby vor ein paar Wochen zu früh bekommen hat.

„Herzlichen Glückwunsch", sagte ich.

„Danke." Chastity streichelte den dunkelhaarigen Kopf ihrer Tochter. Ihr Blick fiel auf unseren Eimer. „Max war zu beschäftigt, um Äpfel zu pflücken. Eigentlich waren wir das beide." Sie lächelte ihn an und lehnte sich an seine Seite und er beugte sich vor, um ihre Stirn zu küssen. „Max hat gerade einen neuen Auftrag bekommen. Er ist jetzt Generalunternehmer für die neue Wohnsiedlung, die im Süden der Stadt entsteht."

„Du hast den Zuschlag bekommen?", fragte Storm und klopfte Max auf die Schulter. Die beiden waren gleich groß, obwohl Storm ein wenig schlanker war. Aber er war ja auch ein Wandler und kein stämmiger Ork. „Großartig."

„Goreg wird sich um die Elektrik kümmern." Stolz wurde auf Max' grünem Gesicht sichtbar. „Ich wollte in deinem Restaurant anrufen, um zu fragen, ob du dich um unser Festessen kümmern willst."

„Wie viele Personen möchtest du einladen?"

„Zwanzig oder Schätzchen?", fragte Max Chastity.

Sie nickte. „Zweiundzwanzig, wenn ihr dabei sein wollt."

„Danke. Das ist so nett von dir", schwärmte ich. Das war der Grund, warum ich diese Stadt nur ungern verlassen wollte. Alle waren so gastfreundlich. Ich hatte das Gefühl, dass ich hier endlich ein richtiges Zuhause gefunden hatte. Ich suchte nach Möglichkeiten mehr Leute in Monsterville kennenzulernen und das wäre die perfekte Gelegenheit.

Der Glanz in Chastitys Augen, als sie von mir zu Storm schaute machte deutlich, dass sie dachte, wir seien ein Paar.

Waren wir das? Wir hatten in dieser Woche zwanglose

Dinge getan und wir hatten gerade unseren ersten Kuss geteilt, aber wir hatten nicht über mehr als das gesprochen.

Wollte ich mehr? Hundertprozentig, ja. Ich mochte ihn sehr.

Das Einzige, was einen Keil zwischen uns treiben könnte, war meine Vergangenheit. Würde man mir die Zeit geben, eine Beziehung zu jemandem aufzubauen?

„Ich würde euch gern bei eurer Feier unterstützen", erklärte Storm.

„Großartig. Ich melde mich!", erwiderte Max. „Das wird erst in ein paar Monaten sein, wenn unsere Tochter älter ist und Chastity sich erholt hat."

„Nenn mir ein Datum und ich plane es ein", sagte Storm. „Wir können das Menü besprechen, wenn es näher rückt."

„Danke", schmunzelte Max. Er hob seinen leeren Eimer hoch. „Die Äpfel warten schon. Meine Gefährtin hat einen Heißhunger und es gibt nichts, was ich lieber täte, als ihn zu stillen." Er wackelte ihr mit seiner dicken Augenbraue zu.

„Du", lachte sie und stupste ihn in die Seite. Sie wedelte mit dem Finger und er gab ihr einen Kuss, der mich vor Neid erblassen ließ.

Wie wäre es, mit jemandem zusammen zu sein, der mich so sehr liebt wie Max Chastity? Wie wäre es mit jemandem zusammen zu sein, ohne dass sich meine Vergangenheit zwischen uns drängt?

Vielleicht würde ich es mit Storm herausfinden.

Wir verabschiedeten uns, bezahlten und machten uns auf den Weg zum Jeep. Storm folgte der Wegbeschreibung zu meiner winzigen Wohnung und drinnen machten wir uns an den Kuchen, wobei er darauf bestand, die Kruste und die Füllung nach seinem eigenen Geheimrezept zu backen. Nachdem der Kuchen fertig war, setzten wir uns auf meine kleine, verglaste Terrasse und aßen große Stücke mit einer Kugel Vanilleeis, die auf der Seite schmolz.

Dann betrachteten wir die Sterne, während die tragbare Heizung neben unseren Füßen uns vor dem Erfrieren bewahrte. Bald würde es schneien und ich konnte es kaum erwarten, zu sehen, wie er unsere niedliche Stadt überzog, als hätte man sie mit Puderzucker bestäubt.

Monsterville war urig und malerisch; hier könnte man Urlaubsromane drehen. Ich hoffte, dass ich lange genug hierbleiben könnte, um zu sehen, wie der Schnee durch den Himmel fiel. Und der Frühling! Ich konnte mir nicht vorstellen, wie es dann aussehen würde.

Die Sehnsucht erfüllte mein Herz bis zum Zerreißen. Seien wir ehrlich, ich wollte für immer hierbleiben.

„Ich bin immer wieder erstaunt, wie nah die Sterne hier sind", sagte ich. „Als ob ich sie anfassen könnte."

„Du solltest sehen, wie sie von den Bergen aus aussehen."

„Ich wette wunderschön."

„Umwerfend."

„Vielleicht werde ich eines Tages ein Auto mieten und dorthin fahren, um es selbst zu sehen." Ich besaß kein Fahrzeug. Ich war mit dem Bus hierhergekommen und hatte nichts, außer der Kleidung, die ich trug und ein großes Bündel Bargeld. Und obwohl ich genug verstecktes Geld hatte, um ein Auto zu kaufen, konnte ich es nicht riskieren, meinen richtigen Namen in die Papiere einzutragen.

„Ich könnte dich mal mitnehmen", erklärte Storm.

Ich drehte mich zu ihm um. „Das würde mir gefallen."

Er schluckte schwer. „Ich möchte viele Dinge mit dir machen Luna."

War das ein guter Zeitpunkt, um ihn zu fragen, wohin sich unsere Beziehung entwickeln würde?

Er beugte sich vor und presste seinen Mund auf den meinen. Wie auf der Obstplantage schoss die Hitze durch meine Adern und konzentrierte sich in meinem Inneren.

Als ich stöhnte und mich an seinen Schultern festhielt, zog er mich auf seinen Schoß. Ich schlang meine Beine um ihn und vertiefte unseren Kuss.

Er fuhr mit seinen Fingern meine Arme hinunter und wanderte zu meinen Seiten. Er hob den Kopf und betrachtete mein Gesicht, als seine Hand unter meinen Pullover glitt. Ich wollte ihn ausziehen, ihn und meinen BH zur Seite werfen. Meine Hose auch. Ich wollte frei sein, um ihm zu gehören, wenn auch nur für eine Nacht.

Die ganze Zeit wegzurennen war ätzend; ich hatte nie die Chance, eine Freundschaft aufzubauen.

Ich hatte nie die Chance, mich zu verlieben.

Er fuhr mit einer Fingerspitze am Rand meines BHs entlang und ließ sie dann über meine mit Stoff bedeckte Brustwarze gleiten. Ich lehnte mich gegen seine Berührung.

Mit einem Lächeln zog er seine Hand unter meinem Pullover hervor und zerrte den weichen Strickstoff bis zu meiner Taille hinunter. „Du bist so verführerisch."

„So wie du Storm." Ich wollte ihn bitten, über Nacht zu bleiben, aber was wir hatten, kam plötzlich, obwohl ich das Gefühl hatte, ihn schon ewig zu kennen. Wir passten zusammen wie die Teile eines Mosaiks. Ohne einander wäre das Muster nicht annähernd so schön.

Er ließ mich runter und grinste mich an. „Deshalb werde ich jetzt gehen. Ich würde dich aber gerne wiedersehen."

„Das würde ich auch gern."

Ich begleitete ihn zu seinem Jeep, den er auf dem mir zugewiesenen Platz geparkt hatte, für den ich nie Verwendung hatte. Das Apartmenthaus hatte nur drei Einheiten; jemand hatte ein altes viktorianisches Haus in drei hübsche Wohnungen verwandelt und ich konnte mir die Miete leisten. Auf der Straße war es vielleicht manchmal etwas laut, aber bei dem Preis, den ich zahlte, konnte ich mich nicht beschweren.

Er lehnte sich gegen sein Fahrzeug, zog mich in seine Arme und drehte mich so, dass ich mit dem Rücken zu ihm stand. Seine warmen Arme umschlossen mich und ich fühlte mich sicher und warm, was für mich schon viel zu lange eine flüchtige Sache war.

Seine Hand hob sich und zeigte in die Luft. „Sieh mal da fliegt ein Satellit vorbei."

Wir sahen zu, wie er vorbeiflog, ein heller Lichtschein am Himmel.

„Ich habe eine seltsame Frage", flüsterte er in mein Ohr.

Ich wartete darauf, dass er sprach.

„Wärst du bereit, dieses Wochenende mit mir zu meinem Rudeltreffen zu kommen?"

„Es ist Freitag", erwiderte ich lachend. „Das Wochenende hat schon begonnen."

„Kurzfristig oder?" Er kratzte sich im Nacken. „Wahrscheinlich zu kurzfristig was?"

„Meinst du damit, dass ich dich als Date begleite?"

„Ja. Oder Freunde, wenn dir das lieber ist. Darüber

haben wir noch nicht gesprochen und vielleicht ist es nach einer Woche gewagt von mir, dir zu sagen, dass ich uns gerne so sehen würde."

Mein Herz drehte sich. Er reichte mir etwas Kostbares, etwas, von dem ich nie gedacht hätte, dass es mir gehören könnte. Sollte ich es wagen, es festzuhalten?

„Es ist schwer, bei solchen Veranstaltungen ohne Begleitung aufzutauchen", fügte er hinzu. „Meine Eltern versuchen mich zu verkuppeln. Meine Schwester macht sich darüber lustig, dass ich nicht zu haben bin und meine Cousins und Cousinen geben mit ihren Freundinnen und ihrem Nachwuchs an. Aber ich will nicht, dass du dich verpflichtet fühlst. Freunde oder Date oder ... Wofür du auch immer offen bist, ist mir recht. Wir könnten sogar als-
"

„Storm".

„Ja?"

„Ich würde dich gerne als dein Date begleiten." Ich konnte mich entweder auf das einlassen, was er mir anbot und es auskosten, solange es andauerte oder mich weiter abschotten, um nicht verletzt zu werden. Zu Storm konnte ich nicht Nein sagen, nicht so wie zu den wenigen Kerlen, denen ich nahegekommen war, bevor ich wieder weglaufen musste.

Bitte, bitte, betete ich zum Mond und zu den Sternen und wer auch immer die Worte meiner Seele hören mochte. *Bitte zwing mich nicht, ihn zu verlassen.*

„Okay. Großartig", hauchte er und seine Arme legten sich wieder um mich.

In diesem Moment bemerkte ich eine schwarze Limousine auf der gegenüberliegenden Straßenseite. War es dieselbe, die ich am Vortag gesehen hatte? Das konnte nicht sein.

Bitte. Nein.

Als würde ich in meinem eigenen Horrorfilm die Hauptrolle spielen und das Unvermeidliche eintreten, glitt das Fenster auf der Fahrerseite ein paar Zentimeter herunter. Ich sah nicht viel mehr als einen flüchtigen Blick auf sein Gesicht, aber seine kantige Nase und sein gestutztes schwarzes Haar reichten aus, um meinen Puls zum Stillstand zu bringen.

Einer der Gefolgsleute meines Bruders hatte mich gefunden. Wie jedes Mal, wenn ich geflohen war, wurde er geschickt, um mich aufzuspüren.

Mein Puls pochte in meinem Ohr, ein unharmonischer Rhythmus, der meine Wirbelsäule hinunter schrammte.

„Du musst warme Kleidung einpacken", sagte Storm, ohne zu bemerken, wie mein Herz raste und mich ein Schauer durchfuhr. „Wir werden viel draußen sein."

„In Ordnung." Ich schluckte ein verzweifeltes Stöhnen hinunter.

Das Auto sprang an, fuhr vom Bordstein weg und langsam die Straße hinunter.

Wie konnte ich hier stehen und plaudern, wenn ich meine Sachen packen und abhauen sollte?

Tränen traten mir in die Augen, ich wischte sie weg.

Der Gefolgsmann wollte nicht verschwinden. Er würde mit Verstärkung zurückkommen.

Und meinem Bruder.

Weglaufen war meine einzige Option. Wenn ich mich nicht verstecken würde, würden sie ... Ich wollte nicht daran denken, was sie jedes Mal getan hatten, wenn sie mich erwischt hatten. Ich konnte nicht zulassen, dass sie mich noch einmal erwischen.

Das bedeutete, dass ich die kleine Stadt, die ich liebgewonnen hatte, verlassen musste.

Und Storm, den ich sogar noch mehr zu lieben begann als die Sicherheit, die ich hier in Monsterville gefunden hatte.

Das war nicht fair. Ich hatte gerade jemanden gefunden ... Ich kniff die Augen zusammen. Ich hatte gerade jemanden gefunden, für den ich mich mehr als für alle anderen interessieren konnte. Ich wollte ihn nicht verlassen.

Ich drehte mich und umklammerte Storms Unterarme. Wenn wir doch nur wieder in der Schlucht wären, versteckt vor der Welt, eng aneinandergeschmiegt. Mein Lieblingswolf würde mich vor allen beschützen.

Doch nichts und niemand konnte mich vor dem schützen, was kommen würde. Es brauste über das Land wie ein hundert Meter hoher Tsunami.

„Ist alles in Ordnung?", fragte Storm und blickte besorgt auf mich herab. Du scheinst aufgebracht zu sein."

„Nee. Es ist alles in Ordnung." Meine Worte kamen gepresst heraus. Ein Blick über die Schulter verriet, dass das Auto noch nicht zurückgekommen war, aber das würde es in Kürze.

Ich würde weglaufen, aber ... ich brauchte das. Ich brauchte Storm, auch wenn es nur für eine kurze Zeit war.

Ich sah zu ihm auf und erkannte die Fürsorge in seinen Augen. Eine solche Hingabe zu sehen, riss mir das Herz aus dem Leib. „Können wir jetzt sofort gehen?"

KAPITEL 6

Storm

Ich holte sie mit meinem Jeep von ihrer Wohnung ab. Nun, ich traf mich mit ihr auf einem Parkplatz zwei Türen weiter, wo sie wohnte. Während ich zu Hause meine Tasche packte, schrieb sie mir eine SMS, dass sie etwas aus einem Laden weiter unten in der Straße bräuchte, aber ich war mir sicher, dass es in dieser Richtung keinen gab.

Das spielte keine Rolle. Ich war begeistert, dass sie mit mir kommen wollte, dass sie wollte, dass dies ein Date war.

Als ich auf dem Parkplatz parkte und hupte, schlich sie hinter einem großen Lastwagen hervor und schaute sich um, als ob sie jemand beobachten würde.

Ein kurzer Scan mit meinen Wolfssinnen sagte mir, dass niemand da war. Was war da los?

Sie kletterte auf den Beifahrersitz, warf ihre Tasche auf den Rücksitz und schnallte sich an. Sie lehnte sich im Sitz zurück und sank in sich zusammen.

„Ist alles in Ordnung?", fragte ich verwundert.

„Was meinst du?"

Ich musste immer wieder an die Angst denken, die ich

vorhin in ihren Augen leuchten sah, aber ich konnte mir nicht erklären, warum sie Angst haben sollte. Wir sahen uns die Sterne an und sprachen darüber, gemeinsam zu meinem Rudeltreffen zu gehen. Daran war nichts Beängstigendes. „Du siehst aus, als würdest du dich verstecken."

„Nein natürlich nicht. Wie kommst du denn darauf?"

Zum einen die Panik in ihrer Stimme. Und die Art, wie ihr Blick überall hin schweifte, als ob sie nach Bedrohungen suchte.

Ein Knurren entrang sich meiner Kehle. „Versucht jemand dir wehzutun?"

„Oh nein. Ganz und gar nicht."

„Weil ich sie fertigmachen werde. Ich reiße ihnen die Lunge raus und stampfe sie in den Boden."

Sie warf mir einen Blick zu, der so viel Erleichterung ausdrückte, dass ich sie noch mehr beschützen wollte.

„Ich meine es ernst", fügte ich hinzu.

„Danke. Es geht mir gut. Es ist nichts." Das Lächeln, das sie mir schenkte, fühlte sich nicht echt an. „Können wir jetzt fahren?"

Wenn sie sich nicht mitteilen wollte oder nicht bereit war, mir zu sagen, was los war, würde ich die Sache auf sich beruhen lassen, allerdings nur für den Moment. Da sie wegen irgendetwas verängstigt schien, würde ich in höchster Alarmbereitschaft bleiben. Ich würde alle Bedrohungen ausschalten.

Ich fuhr vom Parkplatz hinunter, auf die Straße und durch die Stadt, wobei ich jeden, an den wir vorbeizogen sowie die Straße hinter uns genaustens prüfte.

Es folgte niemand, aber ich wurde das Gefühl nicht los, dass sie Hilfe brauchte. Vielleicht lag es auch nur daran, dass ich immer alles für einen Freund tun wollte. Es gab nichts, was ich nicht für Max, Goreg, Gunner oder ihre Frauen tun würde. Wir waren ein Rudel, auch wenn sie keine Wölfe waren. Das habe ich natürlich auch auf Luna übertragen, denn es war klar, dass wir mehr als nur Freunde werden würden.

„Wer passt dieses Wochenende auf die Hunde auf?", fragte ich in der Hoffnung, sie abzulenken.

„Violet hat gesagt, sie würde es für mich tun." Sie richtete sich in ihrem Sitz auf und schaute sich immer noch um, aber sie ballte nicht mehr die Hände auf ihrem Schoß zusammen. „Sie kam vorbei und ich habe ihr gezeigt, was zu tun ist. Ich habe aber nur Stella und Fred fürs Wochenende, also wird Violet leicht mit ihnen fertig werden."

„Ich bin sicher Goreg wird helfen."

„Er liebt Hunde genauso sehr wie ich. Komisch, dass sie keine Angst vor Gargoyles haben."

„Hunde sind schlauer als Menschen. Sie können erkennen, wer lieb ist."

„Das stimmt. Nur damit du es weißt: Normalerweise mache ich so etwas nicht. wegzugehen und jemand anderen die Dinge regeln lassen. Ich nehme meinen Job ernst. Meine Kunden sollen das Gefühl haben, dass sie mir vertrauen können."

„Jeder verdient ab und zu eine Pause."

„Genau so ist es." Sie schenkte mir ein Lächeln. „Ein Mini-Urlaub."

„Das war sehr kurzfristig."

„Ja, das war es." Sie nahm die Ausrede auf und führte sie weiter aus. „Zu jeder anderen Zeit würde ich die Aufnahme von Tieren verschieben, während ich weg bin."

„Wie viele Tiere verpflegst du normalerweise?"

„Da nur ich den Salon leite, versuche ich, die Zahl der Tiere auf vier zu begrenzen, aber ich mache Ausnahmen, wenn jemand mich wirklich braucht."

„Hast du mal daran gedacht, Personal einzustellen?"

Sie holte tief Luft. „Das könnte ich niemandem antun."

„Es ist ein Job."

„Aber ich weiß nicht, ob ich ... genug Arbeit haben werde, um jemanden zu beschäftigen. Meine Behandlungen bringen die meisten Einnahmen, also versuche ich, mein Marketing darauf zu konzentrieren. Normalerweise bin ich den ganzen Tag ausgebucht."

„Was ist mit morgen? Ich nehme an, du hast auch samstags geöffnet."

„Oh ich habe alle auf nächste Woche vertröstet. Ich ... musste mal weg."

Ich begann zu glauben, dass das, was hier vor sich ging, sie dazu brachte, verzweifelt aus der Stadt zu verschwinden, obwohl ich mir nicht vorstellen konnte, warum. Monsterville mag buchstäblich von Monstern überrannt sein, aber wir arbeiteten alle hart daran, sicherzustellen, dass wir die Menschen, die uns ihr Vertrauen schenkten, nicht erschreckten.

Vor drei Jahren waren Monster aus den Wäldern und aus dem Untergrund aufgetaucht und hatten sich den Menschen offenbart. Es wurde ein Vertrag geschlossen und nun lebten wir unter ihnen. Die meisten Menschen hatten sich schnell eingelebt, obwohl es ein paar Verweigerer gab, die immer wieder versuchten, alles durcheinanderzubringen. In Monsterville hatten wir ein wahres Zuhause und Akzeptanz gefunden, obwohl das nicht der ursprüngliche

Name der Stadt war. Blustery irgendwas. Ich konnte mich nicht erinnern, und es spielte auch keine Rolle mehr. Für alle war es Monsterville geworden. Es gab Überlegungen, den Namen der Stadt offiziell zu ändern.

Als wir den Stadtrand erreichten, bog ich auf die Hauptstraße ab, die uns in die Berge führen würde.

"Willst du das Verdeck herunterlassen?", fragte ich und versuchte, die Stimmung aufzulockern. Ich hasste es, dass sie etwas bedrückte und ich es nicht ändern konnte.

„Was?", brüllte sie und ihr großer Blick traf meinen.

Ich deutete auf das Stoffverdeck. „Das Dach", erwiderte ich leise, sanft, als wäre sie ein wilder Welpe, der eine freundliche Hand braucht. „Ich kann anhalten und es herunterlassen."

„Wie ein Cabrio?" Ein süßes Stirnrunzeln bildete sich auf ihrer Stirn. „Es ist knapp über dem Gefrierpunkt."

„Das macht die Erfahrung nur erfrischender."

„Du verarschst mich oder?" In ihrer Stimme brodelte das Lachen und es gefiel mir, dass ich es ausgelöst hatte.

Ich zuckte mit den Schultern. „Vielleicht. Wenn du ja sagst, bin ich sofort dabei." Wenn sie ja sagen würde, wäre ich für alles zu haben.

Für diese Frau würde ich bereits alles geben. Könnte ich sie überreden, dasselbe zu fühlen?

„Weißt du was?", sagte sie und setzte sich aufrechter hin. „Lass es uns tun. Mach das Verdeck runter, Storm. Ich will den Wind in meinen Haaren spüren."

Ich steuerte mein Fahrzeug an den Straßenrand, legte den Leerlauf ein und zog die Notbremse. „Ich empfehle eine Mütze, sonst frieren deine Ohren ein."

Sie grinste in meine Richtung. „Vielleicht kann ich dich dann dazu bringen, mich aufzuwärmen."

„Luna", krächzte meine Stimme. Ich war mir nicht sicher, wie viel Anspielungen mein Herz ertragen konnte.

Ihr Lächeln schwankte. „Zu früh?"

„Luna", knurrte ich erneut. Ich streichelte ihre hübschen Wangen und küsste ihre Nase, in der Versuchung, ihren reifen, rosa Mund zu erobern. Das würde ich bald tun, aber nicht, wenn Autos an uns vorbeifuhren und wir am Straßenrand geparkt hatten. Nicht, wenn das, wovor sie Angst hatte, sich an uns heranschleichen konnte, während ich abgelenkt war. „Du lenkst mich total ab."

„Das ist doch gut oder?", erwiderte sie fröhlich.

„Sehr gut."

Ich drückte die Hebel, die das Dach in Position hielten und löste die Verriegelungen. Ich kletterte heraus, hob das Verdeck an und ließ es hinten herunter, wo ich es mit Gurten befestigte.

„Oh", sagte sie, als ich mich wieder neben sie setzte. Sie umarmte ihren Bauch. „Es ist wirklich kalt. Ich bin überrascht, dass wir noch keinen Schnee haben."

„Bald. Es bedeckt schon die Gipfel der Berge." Ich zog eine dicke Decke von hinten und legte sie ihr um, steckte sie hinter ihre Schultern und sorgte dafür, dass sie von ihrem Kiefer bis zu den Zehen bedeckt war. Dann stülpte ich ihr meine rote Wollmütze über den Kopf.

Ich hatte noch nie etwas Süßeres gesehen als diese Frau, die in meinen Sachen steckte.

„Das ist schon viel besser", seufzte sie und schenkte mir ein Lächeln, das so süß war, dass es mich umgehauen hat. „Los geht's!"

Ich schnallte mich wieder an und lenkte das Fahrzeug zurück auf die Straße. Als ich uns an den Fuß der Hügel und hinauf in die Berge brachte, hielt ich meine Geschwindigkeit niedrig. Obwohl sie den Wind begrüßte, wollte ich sie nicht in einen Eisblock verwandeln, bevor wir unser Ziel erreicht hatten.

„Geht es dir gut?", rief ich über das Brummen meiner Spikereifen und den Wind, der an uns vorbei peitschte.

„Es ist wunderbar!"

Ich wollte ihre rosa Wangen küssen und dann ihren Mund. Ich würde mir eine zweite Chance nicht entgehen lassen, wenn sie mir angeboten würde.

„Sag mir, was mich an diesem Wochenende erwartet", rief sie.

„Rudeltreffen. Jede Menge Wolfswandler."

„Werde ich der einzige Mensch sein?" Ich konnte keine Angst in ihren Augen entdecken; sie war aufgeregt.

„Nicht die Einzige. Einige haben sich mit Menschen gepaart."

„Ich wünschte, ich könnte mich in etwas anderes als mich verwandeln."

„Das ist wunderbar."

„Ich könnte mich in den Wald verkriechen und verschwinden", fügte sie verzweifelt hinzu.

Interessante Formulierung.

„Warum willst du verschwinden?", fragte ich.

„Oh ähm, will ich nicht. Nicht wirklich." Sie richtete ihre Aufmerksamkeit auf die Straße. „Ist deine Wolfsseite eine eigenständige Person oder bist du innerlich ganz du selbst, wenn du dich verwandelst?"

Ich hielt inne, weil ich darauf drängen wollte. Wie könnte ich sie beschützen, wenn ich nicht wüsste, was auf uns zukommen würde? Und das war es. *Uns.* Jeder, der hinter ihr her war, kam nicht nur wegen ihr; ich war an ihrer Seite.

„Ich stehe zu dir, egal was passiert." Ich hatte das Gefühl, dass ich das sagen musste.

Ihr herzlicher Blick traf meinen. ""Danke."

„Was meine Verwandlung betrifft, so gehört der Wolf, den du kennengelernt hast, ganz zu mir."

„Cool."

„Es ist etwas Besonderes", erklärte ich und schätzte diese Fähigkeit erneut. „Manche mögen es abtun, aber ich genieße es, mir ein pelziges Fell überzuziehen. Es gibt nichts Vergleichbares zu dem Gefühl von Schnee unter meinen Fußsohlen, dem Wind, der mein Fell zerzaust, und die Freude, die ich empfinde, wenn ich meine Nase über den Boden halte, während ich kilometerweit laufe."

„Ich kann mir nicht vorstellen, wie toll das wäre."

Für mich war es selbstverständlich, aber als ich es mit ihren Augen betrachtete, wurde mir wieder einmal bewusst, wie wunderbar meine Wandler-Fähigkeit war. „Ist es für dich okay, wenn das Verdeck unten ist?"

Sie grinste. „Ich liebe es!"

Ich bog mit meinem Jeep von der Hauptstraße ab und fuhr auf einen Feldweg.

„Ohh gruselig", murmelte sie und schaute auf den dichten Wald um uns herum. „Ich liebe es hier oben. Du weißt ja bereits, dass ich gerne im Wald laufe."

Ich wollte ihr sagen, dass sie nie wieder allein joggen sollte, aber wie sollte ich das tun? Sie war ihre eigene Person, und wenn ein Wolf etwas wusste, dann, dass man einem anderen nie ein Halsband anlegt.

„Mit offenem Verdeck fühle ich mich frei, wie wenn ich im Wald laufe und nichts um mich herum wahrnehme außer Streifenhörnchen und Vögel. Das ist so schön." Sie schob die Decke zur Seite, ergriff meine Hand und drückte sie. „Danke."

„Wenn du willst, fahre ich dich jederzeit in der Woche in meinem Jeep mit offenem Verdeck spazieren."

„Pass auf. Vielleicht komme ich auf dein Angebot zurück."

Könnte sich mein Leben noch vollständiger anfühlen? Goreg hatte recht, ich hätte schon früher mit ihr reden sollen. Aber ich hatte mich endlich getraut, und es erwartete uns nur das Beste.

Ich würde herausfinden, wovor sie Angst hatte, es beseitigen, und danach würde uns nichts mehr aufhalten.

„Wie tief in den Wald fahren wir noch?", fragte sie voller Freude.

„Wir werden in etwa zwanzig Minuten da sein." Ich schaltete in den dritten Gang bis wir einen unwegsamen Abschnitt der Straße überquert hatten, und dann wieder in den Vierten.

„Zu viel und nie genug", erwiderte sie.

„Du hast recht." Mein Herz fühlte sich vollkommen an, aber ich ahnte, dass ich noch ein paar gute Gefühle in mich hineinstopfen konnte, bevor ich es auffüllte. Ich wollte, dass diese Gefühle von Luna kamen.

Wir fuhren weiter, sie schaute verzückt umher; ich hatte Mühe, auf die Straße zu achten und sie nicht die ganze Zeit anzustarren.

Ich fühlte mich, als stünde ich auf einem Felsvorsprung über dem schönsten See der Welt. Ich wollte abspringen und in das kühle Nass platschen, aber genauso wenig wollte ich die herrliche, spiegelglatte Oberfläche verschandeln.

Schließlich erreichten wir das Ende der Straße und die große Lichtung vor uns.

„Wie viele Rudel werden dieses Wochenende hier sein?", fragte sie.

„Acht oder zehn, je nachdem, wer auftaucht. Vor langer Zeit haben die Rudel überall in dieser Gegend Hütten gebaut. Jedes Rudel trifft sich hier regelmäßig zu unterschiedlichen Zeiten, aber alle sechs Jahre kommen wir alle zusammen. Einige der anderen Rudelmitglieder habe ich schon lange nicht mehr gesehen." Einschließlich Marlies Rudel.

„Wie viele Wolfswandler gibt es in einem Rudel?"

„Dreißig oder so."

„Das sind eine Menge Wölfe."

„Wie du gesagt hast. Zu viel und nie genug."

„Oh was für niedliche Hütten", rief sie, als ich mit meinem Fahrzeug den Weg entlangfuhr, der sich um die riesige Lichtung schlängelte.

„Einige Rudel kommen zu Fuß oder in ihrem Fall auf Ballen, während andere mit dem Auto fahren. Einige schlagen Zelte auf, andere bringen normale Wohnmobile mit und der Rest von uns bleibt in den Hütten. Wir hängen zusammen ab und besuchen uns das ganze Wochenende. Allianzen werden erneuert und schicksalhafte Partnerschaften geschlossen." Ich hatte vor, diesen Teil des Wochenendes auszulassen; die Mondzeremonie würde heute Abend stattfinden.

„Ah schicksalhafte Partnerschaften …" Ihre Lippen verzogen sich und ich spürte ihre Melancholie. „Wölfe paaren sich fürs Leben richtig?"

„Das tun wir. Für manche ist das die erste Chance, jemanden aus einem der Rudel zu finden, den sie lieben."

„Ich habe kein Zelt mitgebracht", seufzte sie. Sie lächelte und zuckte mit den Schultern. „Aber für mich ist das ein Abenteuer. Es macht mir nichts aus unter freiem Himmel auf dem Boden zu schlafen."

„Dafür ist es zu kalt. Wir werden Hütten nehmen. Du kannst allein schlafen oder mit meiner jüngeren Schwester."

Ihr Blick traf meinen, suchend. „Was ist, wenn ich bei dir schlafen möchte?"

Meine Lunge erstarrte, bevor Freude durch meine Brust schoss und mein Herz angenehm erwärmte. „Nun sicher. Kein Druck natürlich." Ich zog mein Fahrzeug auf einen Platz unter den Immergrünen und stellte den Motor ab.

„Vielleicht macht mir ein bisschen Druck nichts aus." Sie drehte sich um und sah zu, wie die Leute Holz in der Mitte der Lichtung aufschichteten, wo wir ein großes Lagerfeuer machen würden. „Ich habe noch nie ein Feuer im Freien gesehen. Ich bin in einer Stadt aufgewachsen, in der es überall Beton gibt. Ich bin jetzt seit drei Monaten in Monsterville und komm immer noch nicht über die ganze Vegetation um uns herum klar.

„Ich könnte nirgendwo anders leben."

Ihre Augen suchten meine. „Nirgendwo sonst?"

Obwohl mich das Rudel immer geerdet hatte, dachte ich langsam, dass mein Zuhause dort war, wo Luna ihre Füße hinsetzte. Aber es war noch zu früh, um das zu sagen. „Mir gefällt es hier." Das war unverbindlich.

„Mir auch. Monsterville ist etwas Besonderes. Ich kann mir keinen anderen Ort vorstellen, an dem ich lieber leben würde."

Als ich die Decke wegzog, überkam sie ein Schauer. Ich schnappte mir meinen Kapuzenpullover vom Rücksitz und half ihr, ihn über ihren dicken Pullover zu ziehen.

„Wir stellen hier und da Heizungen auf, damit es alle schön kuschlig haben und wir haben ein Feuer, aber wir ziehen uns alle warm an. Du wirst viele von uns in Wolfsgestalt sehen. Manche wechseln während des Wochenendes nicht ein einziges Mal in ihre menschliche Gestalt."

„Was ist mit dir?"

"Wenn ich mit dir zusammen bin Luna, mag ich es irgendwie, ein Mensch zu sein."

„Storm." Sie schluckte, ihr Blick suchte meinen Mund.

Ich küsste sie knapp und wollte, dass es ewig dauert, aber bald würden andere an meine Autotür klopfen und mich auffordern sie zu begrüßen.

„Wenn du dieses Wochenende ein Wolf sein willst", sagte sie, als wir uns trennten, „dann tu es. Ich renne mit dir durch den Wald oder tanze um das Feuer, was immer dir lieber ist."

„Du erstaunst mich. So viele Menschen würden zögern, dieses Wochenende mit uns zu teilen".

„Sie haben Angst vor Schatten. Ich habe gelernt, mich an das zu klammern, was ich am meisten brauche, solange es in Reichweite ist. Zu oft muss ich mich am Ende verabschieden."

In ihren Worten lag eine versteckte Botschaft. Ich wollte ihr an diesem Wochenende zeigen, dass sie mir genug vertrauen konnte, um mir zu sagen, was los war, um ihr Herz zu offenbaren.

Ich wollte das, was sich zwischen uns entwickelte, überstürzen, tat es aber nicht. Es war nichts Falsches daran, das Gefühl auszukosten, mit jemandem zusammen zu sein, von der ich zu ahnen begann, dass sie die Richtige sein könnte.

Diese Gefühle waren kein Verrat an Marlie. Wir waren Freunde mit einem Potenzial, das wir nie ausschöpfen konnten. Sie würde wollen, dass ich glücklich bin. Das zu wissen, war befreiend.

Wir stiegen aus und Luna half mir, das Verdeck meines Jeeps wieder zu schließen. Mit ihrer Tasche in der einen Hand und meiner über die Schulter gehängt, nahm ich ihre Hand und führte sie zur Lichtung.

Mom rief, als sie mich sah und eilte herbei, um mir einen Kuss auf die Wange zu geben. Dad folgte ihr und klopfte mir auf die Schulter, bevor er mich in eine feste Umarmung zog. Sie traten zurück und betrachteten Luna, Dad mit einem Grinsen und Mom mit einem neugierigen Lächeln.

„Luna", räusperte ich mich. „Darf ich dir meine Eltern vorstellen, Susan und John. Mama, Papa, das ist Luna."

„Es ist schön, euch kennenzulernen", sagte Luna mit einem herzhaften Lächeln und einem ebenso herzhaften Händedruck.

„Du bist früh gekommen", sagte Mama. „Ich hatte nicht erwartet, dich vor morgen zu sehen."

Ich zuckte mit den Schultern. „Ich hab es nicht mehr ausgehalten."

Mom trat vor und umarmte Luna. „Willkommen."

Dad nickte, sein Grinsen hatte die gleiche Intensität wie

damals, als er mich angelächelt hatte. „Schön, dass du zum Rudeltreffen gekommen bist."

„Ich bin keine Wandlerin", erwiderte Luna.

„Kein Problem", schmunzelte Papa. „Meine Mutter war das auch nicht."

„Ah." Lunas Körperhaltung lockerte sich. „Ich würde gerne wissen, wie sich deine Eltern kennengelernt haben."

„Das ist eine lustige Geschichte", sagte er. „Heute Abend, wenn wir am Feuer sitzen, werde ich sie erzählen."

„Oh ja bitte", erwiderte Luna.

„Storm", rief jemand. „Storm!"

Marlies Mutter rannte über die große Wiese. Sie blieb vor mir stehen; Aufregung lag in der Luft. Ihr Haar war grauer als in meiner letzten Erinnerung, aber sie war immer noch die nette Frau, die ich eine zweite Mutter bezeichnet hatte. „Da bist du ja. Wie schön dich zu sehen!"

„Wie geht es dir Fiona?", fragte ich. Marlie sah genauso aus wie sie, und nach Marlies Tod tat mir das Herz weh, wenn ich ihre Mutter bei den örtlichen Rudeltreffen sah. Diese Last war von mir abgefallen und ich begrüßte das Gefühl, das aus meiner wachsenden Zuneigung zu Luna entstand.

Fionas Blick wanderte von Luna zu unseren verschränkten Händen, als ihr Gesichtsausdruck versteinerte.

„Wer ist da?", brüllte sie.

Moms besorgter Blick traf meinen. Papa lächelte weiter, als hätte er den plötzlichen Temperatursturz nicht bemerkt.

„Das ist Luna, Fiona", erklärte ich. „Meine ... Freundin."

„Sie wird in ihrer eigenen Hütte oder ihrem eigenen Zelt schlafen", grummelte Fiona.

Dad stöhnte, seine Haltung versteifte sich, aber ich hielt meine Hand hoch, bevor er etwas erwidern konnte.

„Nein Fiona", sagte ich. „Sie teilt sich eine Hütte mit mir."

Ein Blinzeln und Fiona verwandelte sich in ihre Wolfsgestalt; ihr Knurren schallte durch die Luft.

Sie sprang auf Luna zu.

KAPITEL 7

Luna

Als ich auswich und Fiona auf mich zusprang, entrang sich ein Kläffen aus meiner Kehle.

Storm verwandelte sich in seine prächtige Wolfsgestalt, sprang zwischen mich und Fiona und warf sie zu Boden.

Ich war mir nicht sicher, warum sie mich angegriffen hatte; ich hatte nicht gedroht.

Susan packte mich am Arm und zog mich von den beiden Wölfen weg, die sich gegenseitig umkreisten; die Zähne gefletscht und das Knurren in ihrer Brust.

Andere blickten in unsere Richtung. Die Besorgnis in ihren Gesichtern verriet, dass es nicht normal war, dass Wölfe bei der Zusammenkunft kämpften.

Fiona griff an und ging ihm an die Kehle. Storm holte mit seinen Krallen aus und warf sie ins Gras. Kleiner und schlanker als er, hatte sie keine Chance gegen einen Wolf in seinen besten Jahren. Aber das bremste sie nicht im Geringsten. Sie rappelte sich auf und stürzte sich wieder auf ihn, packte sein Hinterbein, als wolle sie ihn lähmen und ihm dann an die Gurgel gehen.

Er rollte sich ab und schlug mit seinen Hinterklauen in die Seite ihrer Schnauze. Sie stöhnte und schleuderte sich zur Seite, bis sie auf die Beine kam.

Storm nahm wieder seine menschliche Gestalt an und hob seine Hände. Er stellte sich zwischen mich und sie. „Fiona. Hör auf damit. Tu das nicht."

„Was ist hier los?", fragte jemand mit strenger Stimme hinter mir.

Ein großer, muskulöser Mann mit schwarzem, an den Schläfen ergrautem Haar und brauner Haut kam zu uns herüber.

„Das ist George, Präsident der Rudel dieser Region", erklärte Storm.

„George, das ist mein Date für diese Zusammenkunft, Luna."

Ich nickte zur Begrüßung.

„Netter Name", erwiderte George, bevor er Fiona einen finsteren Blick zuwarf. „Verwandle dich", schnauzte er. „Erklär das."

So schnell, wie sie sich in einen Wolf verwandelt hatte, wurde sie wieder zu einer Frau und pirschte sich an mich und Storm heran.

George knurrte und sie blieb stehen. „Ich sagte, erkläre es." Seine Stimme mochte sanft klingen, aber sie hatte etwas Aggressives an sich, das mir sagte, dass diesem Mann niemand ungehorsam war.

„Er ist mit *ihr* zusammen", knurrte Fiona und ihr Finger deutete in meine Richtung. Blut tropfte aus dem Schnitt, den Storm ihr mit seinen Hinterklauen verpasst hatte.

„Storm hat ein Date zum Rudeltreffen mitgebracht", erwiderte George. „Damit ist er nicht allein. Wir heißen jeden hier willkommen."

„Sie ist ein *Mensch*."

„Und damit ist er auch nicht allein." Georges Blick suchte die Wiese ab. „Ich sehe Menschen, Wandler und sogar einen Gargoyle hier bei unserer Zusammenkunft."

Der Gargoyle hatte seine Flügel um eine hübsche Frau mit langen kastanienbraunen Haaren gelegt. Sie schienen völlig ineinander versunken zu sein. Ich hatte ihn in der Stadt gesehen. Escudek? Ja, das war sein Name. Der Bruder von Goreg. Die Frau kannte ich nicht.

„Wie kann er mir das nur antun?", weinte Fiona und fiel auf die Knie. „Mit Marlie?"

„Marlie ist seit vierzehn Jahren tot", sagte George, wenn auch freundlich. „Erwartest du, dass Storm für den Rest seines Lebens um sie trauert?"

„Das tue *ich*", schrie Fiona. „Es kommt mir vor wie gestern."

„Für ihn ist das schon sein halbes Leben her." George trat zu ihr hinüber, legte seine Hand auf ihre Schulter und drückte sie sanft. „Sie waren Teenager, keine Liebhaber oder Gefährten."

Marlie muss die Tochter von Fiona gewesen sein. War sie auch Storms Jugendliebe?

Er sah mich mit flehenden Augen an. Ich vermutete, dass er es erklären wollte und ich würde ihn lassen. Dieses Wochenende war vielleicht alles, was wir hatten. Ich würde es nicht vergeuden, indem ich mich über jemanden ärgere, den er schon vor mir mochte.

„Sie hätten Gefährten sein können", seufzte Fiona und hielt ihr Gesicht. Sie schluchzte und rief den Namen ihrer Tochter.

„Marlie und Storm waren beste Freunde", sagte Susan und ihr Blick war von Trauer erfüllt. „Marlie starb vor vierzehn Jahren bei einem Unfall."

Storm legte seinen Arm um meine Schultern. „Es tut mir leid. Ich hätte es erklären sollen. Ich habe nicht gedacht ..."

Wie konnte er ahnen, dass Marlies Mutter versuchen würde, mich anzugreifen? Er muss schockiert sein. Wenn er und Marlie gute Freunde waren, muss Fiona Storm auch gemocht haben. Es muss wehtun, dass sie ihn angegriffen hatte, dass sie verärgert war, ihn mit jemand anderem zu sehen.

George half Fiona auf die Beine. „Ich bringe sie zu ihrer Familie." Sein Blick landete auf mir und Storm. „Bitte glaube nicht, dass die Rudel genauso denken. Du bist hier willkommen Luna. Das schwöre ich."

„Danke", erwiderte ich mit zittriger Stimme.

„Lass uns unsere Sachen in eine Hütte bringen." Storm nickte seinen Eltern zu. „Wir sehen uns gleich?"

„Wir halten für euch beide einen Platz am Feuer frei", sagte sein Vater.

Sie sahen zu, wie George Fiona wegführte; ihr Schluchzen schnürte mein Herz zusammen.

Storm hob unsere Taschen hoch und wir gingen an der Reihe der Hütten entlang.

„Tut mir leid", murmelte er.

„Ich habe Mitleid mit ihr. Es muss furchtbar sein, ein Kind zu verlieren."

„Marlie und ich ..." Er schüttelte den Kopf. „Wir waren beste Freunde. Ich habe mich immer gefragt, ob mehr daraus geworden wäre, aber wir hatten keine Chance dazu."

„Ich verstehe."

Er hielt inne und beobachtete mein Gesicht. „Sie war etwas Besonderes, aber sie hätte gewollt, dass ich weiterlebe, und das tue ich. Ich hoffe ..." Er schnaufte. „Es ist wahrscheinlich zu früh, um etwas zu sagen, aber du bist etwas Besonderes, Luna." Er strich mir eine Haarsträhne aus dem Gesicht. „Ich kann es kaum erwarten zu sehen, wie sich das mit uns entwickelt."

„Storm". Zu viel und nie genug? Die Emotionen haben mich fast überwältigt. Ich wollte alles erleben.

Er trat einen Schritt zurück. „Wie auch immer. Ich wollte es erklären. Es tut mir leid, dass es so gekommen ist." Nachdem er tief Luft geholt und wieder ausgeatmet hatte, begann er weiter zu gehen und seine Stimme hellte sich auf. „Wir nehmen die erste Hütte ohne Smiley an der Fensterfront."

„Smiley?" Der Gedanke brachte *mich* zum Lächeln. Es war schwierig, das eben Geschehene zu verdrängen. Ein bisschen Humor zu finden, half. „Das ist süß."

Er zuckte mit den Schultern. „Es funktioniert." Er hob den Arm. „Da ist eine."

Die letzte in dieser Reihe. Rechts neben der Hütte wuchs ein Wäldchen und auf der anderen Seite des dichten Baumbestands hatten sie weitere Hütten gebaut.

Schatten huschten durch den Wald und ich erstarrte wie ein Kaninchen, das von einem Kojoten entdeckt wurde. Wenn ich weglief, würde er mich zur Strecke bringen.

Storm folgte meinem Blick. „Das Rudel ist überall

verteilt. Niemand sonst kommt an unserem Wochenende hierher, ohne dass wir es von Weitem bemerken."

Er muss meine Angst mitbekommen haben. Ich hasste es, sie zwischen uns zu bringen.

Es war jedoch beruhigend zu hören, dass viele Leute da waren. Sie würden merken, wenn jemand nicht dazugehört.

Als sich im Wald nichts bewegte, schluckte ich und meine Spucke verstopfte meine Kehle. Es gab nichts Schlimmeres, als mit der Angst zu leben.

In der Hütte schaltete Storm das Licht an und drehte das Schild im Fenster, sodass das Smiley-Gesicht nach außen zeigte.

Ich sah mir das große Bett, einen kleinen Nachttisch, einen Holzstuhl und eine Stehlampe an. Es gab keine Toilette, aber ich hatte ein großes Gemeinschaftsgebäude mit Schildern am Rande der Lichtung entdeckt, sowie einen überdachten Bereich mit Picknicktischen darunter.

„Wir, ähm ... Wir haben nicht alles besprochen", sagte Storm und legte unsere Taschen auf den Stuhl.

Ich nahm seine Hand und zog ihn an mich. In so kurzer Zeit hatte er mir bereits alles bedeutet. Ich streichelte die Haarsträhnen, die um seine Schultern hingen und ärgerte mich über die Kratzspur an seinem Hals. „Sie hat dir wehgetan."

„Es ist nur ein Kratzer." Sein aufmerksamer Blick traf meinen. „Ich würde nie zulassen, dass dir jemand etwas antut. Das weißt du doch, oder? Du kannst mir vertrauen, dass ich dich beschütze."

„Du hast mich vom ersten Moment an beschützt, als wir uns trafen. Ich werde dasselbe tun."

Aber würde ich das? Wenn ich wirklich daran interessiert wäre, ihn zu beschützen, wäre ich in einem Bus auf dem Weg zu einem unbekannten Ort, wo ich versuchen würde, mein Leben wieder in den Griff zu bekommen. Ich würde es nicht riskieren, ihn dieses Wochenende dem Schicksal zu entreißen.

Meine Familie hatte mir so viel genommen; ich konnte nicht zulassen, dass sie mir auch noch Storm nimmt.

Er zog mich in seine Arme und hob mich hoch, um mich auf den Mund zu küssen. Ich klammerte mich an seine Schultern, denn ich wusste, dass jeder unserer Küsse unser Letzter sein könnte.

Er legte mich auf das Bett und kletterte über mich, während sich sein Mund immer noch über meinen bewegte.

Meine Verzweiflung nahm überhand und ich zerrte an seiner Kleidung.

Er hob den Kopf. „Ich will dich, aber ich brauche mehr Zeit, als wir jetzt haben. Meine Eltern werden an die Tür klopfen, wenn ich all das tue, was ich mit dir tun möchte, denn wir werden erst nach dem Wochenende wieder auftauchen."

„Ich will dich auch." Ein kläglicher Schrei drängte sich in meine Stimme.

„Ein paar Minuten haben wir allerdings", sagte er und fuhr mit seinen Fingern an meiner Seite entlang.

Ich lächelte und legte meine Arme um seine Schultern. „Wir sollten den Dingen draußen Zeit geben, sich abzukühlen."

„Genau." Er schob seine Hand unter die Schichten, die

meinen Oberkörper bedeckten und ein Schauer des Bedürfnisses durchfuhr mich. „Möchtest du, dass ich dich aufwärme Luna?"

KAPITEL 8

Storm

„Ich gehöre dir", flüsterte sie mit zögerlicher und unsicherer Stimme.

Dachte sie, ich würde sie nicht wollen? Oder hatte sie genauso viel Angst wie ich vor den Gefühlen, die durch meine Adern rauschten?

„Von dem Moment an, als ich dich traf, wollte ich dich", sagte ich mit heiserer Stimme.

„Du bist abgehauen, als du mich das erste Mal gesehen hast", erwiderte sie und ihre Stimme tanzte vor Lachen. „Ich habe einen Komplex bekommen."

Ich stand auf der Veranda von Goreg und Violet, als Luna mit einem angeleinten Hund vorbeikam. Ich hätte mich ihr nähern sollen, aber vor Schreck rannte ich in die entgegengesetzte Richtung.

„Ich fühlte mich wie vom Blitz getroffen, als ich dich mit dem Hund an Goreg und Violets B&B vorbeigehen sah." Ich zuckte mit den Schultern. Wenn es heute wäre, würde ich über den Vorgarten schreiten und dir entgegenkommen. Ich würde dich in meine Arme nehmen und dich küssen."

„Das hat mich vielleicht erschreckt. Oder vielleicht auch nicht. Ich habe das Gefühl, dass wir beide schon ewig aufeinander gewartet haben."

„Das Schicksal schickt die Menschen zueinander, wenn sie sie am meisten brauchen." Meine Stimme war heiser geworden.

Ich schob mich an ihrem Körper hoch, wobei ich vorsichtig war, da sie so viel kleiner war als ich, und küsste sie erneut. Sie drückte sich gegen mich und stöhnte; das war alles, was ich brauchte. Ich schob ihre äußeren Schichten nach oben, um ihre Haut zu finden.

Sie schubste mich weg, aber nur lange genug, um meinen Kapuzenpulli, ihren Pullover und - mit einem verschämten Lächeln - ihren BH auszuziehen.

Ihre Brüste waren rund und würden gut in meine Hände passen. „Du bist wunderschön." So viel mehr, als ich verdient hatte. Das Leben konnte nehmen, aber es konnte auch geben, und es hatte mir diese Frau geschickt. Ich würde sie in Ehren halten, solange sie in meinem Leben blieb.

Ich ließ meinen Körper nach unten gleiten und strich mit dem Handrücken an ihrem Bauch entlang, wobei sich meine Fingerspitzen verfingen, dann bewegte ich mich nach oben und umfasste erneut ihre Brust, während mein Daumen über ihre Brustwarze strich. Sie stöhnte wieder und trieb mich an.

Ich küsste über ihren Bauch zu ihren Brüsten und saugte ihre Brustwarze in meinen Mund. Es bildete sich eine harte Knospe und sie hob ihren Oberkörper für meine Berührung an.

Sie grub ihre Finger in meine Schultern, ihre Augen rollten in ihrem Kopf zurück.

„Storm", seufzte sie. „Das fühlt sich so gut an."

Ich bewegte mich zu ihrer anderen Brust; sie atmete hastig ein, als meine Zunge über die Brustwarze wirbelte.

„Hör nicht auf", keuchte sie.

Ich küsste sie wieder, umschloss ihr Gesicht mit meinen Händen, meine Zunge berührte ihre, während ich ihre Brustwarzen mit meinen Fingerspitzen neckte, den Druck und die Intensität erhöhte. Ich zwickte sie leicht.

Sie stöhnte auf, als ich mich endlich wieder an ihrem Körper hinunterbewegte. Ich saugte an ihrem Bauch, was sie dazu brachte, sich unter mir zu winden.

Als ich meine Fingerspitze unter den Bund ihrer Hose schob, streifte sie ihre Turnschuhe ab. Sie öffnete den oberen Teil ihrer Jeans, schob sie über ihre Hüften und zur Seite. Darunter trug sie nur ein blasses lavendelfarbenes Höschen.

Ich kraulte sie durch die Seide und knabberte an ihrem Hüftknochen, und ein kleiner Teil von mir wünschte sich, ich könnte wie Goreg fliegen und sie bis zum Meer tragen. Ich würde ins Wasser platschen und mit ihr im Arm wieder auftauchen. Ich würde sie küssen. Sie zum Lachen bringen. Dann würde ich sie streicheln, bis sie meinen Namen stöhnt.

Selbst das Rennen durch die Wälder in meiner Wolfsgestalt verblasste im Vergleich zum Zusammensein mit ihr.

Sie spreizte die Beine und schloss die Augen. Sie sah so schön und sinnlich aus, dass mir der Atem stockte.

Ich bewegte einen meiner Finger, sodass eine Klaue zum Vorschein kam und grinste sie an, während ich vorsichtig die Seite ihres Höschens aufschnitt.

Sie keuchte. „Storm. Ich habe nur ein paar davon mitgebracht." Aber das berauschende Lächeln, das sie mir schenkte, verriet mir, dass sie nicht verärgert war, dass ich das Kleidungsstück ruiniert hatte. „Du", schimpfte sie.

„Ich werde dir mehr kaufen. Tausend Paar."

Sie hob ihre Hüften und ich zerrte die Fetzen ihrer Unterwäsche unter ihr hervor und warf sie auf den Boden.

Dann spreizte ich ihre Beine und kroch zwischen sie, wobei ich genoss, wie feucht sie schon war.

Als ich meine Zunge ausstreckte, um sie zu berühren, schrie sie meinen Namen und wölbte sich gegen mich, während ihre Hände nach etwas suchten, an dem sie sich festhalten konnte. Sie griff nach der Bettdecke und ich schob meine Hände unter ihren Hintern und führte sie zu meinem Mund.

„Ja", flüsterte sie und schloss ihre Augenlider.

Ich nahm ihre Klit in den Mund und saugte daran. Ihre Hüften schossen empor und sie wickelte die Finger ihrer linken Hand in mein Haar. Ich zog sie an mich und erkundete ihren Körper mit meinem Mund und meiner Zunge.

„Das fühlt sich so gut an", flüsterte sie.

Ohne meine Kralle schob ich einen Finger in sie hinein und wäre fast gekommen, als ich spürte, wie ihre feuchten Innenwände saugten.

Ich fuhr fort mit meinen Lippen an ihrer Klit zu zerren und strich abwechselnd mit meiner Zunge darüber. Es war eine gierige Knospe, und ich konnte nicht genug von ihrem

Geschmack und den Seufzern bekommen, die aus ihrer Kehle drangen.

Sie krümmte sich unter mir; ihre Schreie wurden heiser vor Verlangen.

Als ich zwei Finger in sie schob, stöhnte sie auf.

„Ja. Ja, Storm. Genau so."

Ihre enge Spalte klammerte sich an meine Finger. Mein Schwanz war eine Stange in meiner Hose und ich konnte es kaum erwarten, in sie einzudringen, sie zu reiten, bis sie vor Ekstase schrie.

Ich spürte, wie sie abging, also fuhr ich mit meiner Zunge über ihre Klit und streifte sie leicht mit meinen Zähnen. Ich wollte spüren, wie sie allein durch meinen Mund und meine Finger kam. Später, wenn wir die ganze Nacht allein sein würden, würde ich sie ganz für mich beanspruchen. Ich würde sie bis zum Morgen lieben.

Sie griff fester in mein Haar und zerrte daran, während sie sich aufbäumte, um den wilden Stößen meiner Finger in ihr zu begegnen. Ihre Innenwände bebten und ihre Klit schwoll an.

Sie schrie meinen Namen und ihre Knie hoben sich, ihre Fersen gruben sich in die Matratze.

Ich saugte weiter und ritt auf den Wellen ihres Orgasmus. Sie warf ihren Kopf zurück und ihre Schreie hallten durch den Raum.

Ich knabberte an der Innenseite ihres Oberschenkels und ließ meine Zunge erneut über ihre Klit gleiten, woraufhin sie im Bett zusammensackte und sich ihre Hände von meinen Haaren lösten.

Als ich mich an ihrem Körper hochzog und sie küsste,

musste sie sich selbst auf meinen Lippen schmecken, ihr intimstes Fleisch auf meinem Mund.

„Storm", flüsterte sie und klammerte sich an meine Schultern. „Was soll ich nur mit dir machen?"

Mich lieben hoffte ich.

KAPITEL 9

Luna

Storm ließ sich neben mir aufs Bett sinken, seine Arme zogen mich an sich heran. Ich lag auf seiner Brust, bis sich meine Atmung wieder normalisierte.

Was er gerade für mich getan hatte …

Ich war keine Jungfrau mehr und ein paar Jungs hatten es oral versucht, aber ich hatte nie das Gefühl, dass ich mich genug entspannen konnte, um es zu genießen. Bei Storm hatte ich das Gefühl, ich könnte ihm meine Seele offenbaren und er würde sie nicht nur schätzen, sondern auch in seine Handflächen nehmen und mit seinem Leben schützen.

„Ich hätte nie gedacht …" Ich schüttelte den Kopf, unsicher, wie ich meine Gedanken ausdrücken sollte oder ob ich es überhaupt tun sollte. Obwohl ich wusste, dass ich bald weglaufen musste, wollte ich ihn nicht mit heftigen Emotionen verscheuchen.

Er drehte mich um, bis ich wieder unter ihm lag und schenkte mir ein neckisches Lächeln. „Ich möchte das wieder tun. Ich möchte in deiner Wärme versinken und deinen Körper lieben, bis man nicht mehr weiß, wo du anfängst und ich aufhöre."

„Das klingt fantastisch."

„Ein Date später?"

Mein Gesicht wurde heiß. „Sicher."

„Ich hasse es, dass wir nicht einfach die ganze Nacht hierbleiben können."

„Ich kann mir vorstellen, dass deine Familie möchte, dass wir uns ihnen am Lagerfeuer anschließen", sagte ich. „Sie wollen dich sicher dabeihaben."

„Bin ich ein böser Wolf, weil ich noch ein paar Mal auf dir herumkrabbeln möchte, bevor wir uns zu ihnen gesellen?"

„Ganz und gar nicht. Ich würde gerne für immer in dieser kleinen, sicheren Hütte bleiben." In Storms Armen fühlte ich mich sicher. Nichts und niemand konnte mir etwas anhaben.

„Irgendwann musst du mich füttern", lachte er.

Ich kicherte. „Du hast gerade gegessen."

„Das habe ich." Er kletterte vom Bett und sah zu mir hinunter. Sollte ich mich verletzlich fühlen? Ich war nackt, während er vollständig bekleidet war.

Nein. Ich liebte die Hitze in seinen Augen, als er seinen Blick über meinen Körper gleiten ließ.

Als ich mir über die Lippen leckte, stöhnte er auf.

„Du wirst mich noch umbringen Luna", knurrte er. „Ich schwöre es."

Er hielt mir seine Hand hin. „Lass uns abhängen. Wir tun unsere Pflicht gegenüber meinen Eltern und dem Rudel. Wir werden so schnell wie möglich abhauen, denn nichts wünsche ich mir mehr, als wieder mit dir allein zu sein."

Ich setzte mich auf den Rand des Bettes. „Was für Aktivitäten macht ihr während eures Rudeltreffens?"

„Die hohen Tiere treffen sich, um Rudelregeln und -politik zu besprechen, während der Rest von uns das Feuer macht und es genießt. Manchmal spielen wir auch Spiele oder halten offizielle Zeremonien ab.

„Werde ich dabei im Weg sein?"

„Ganz und gar nicht."

„Spielen manche in Wolfsgestalt?", fragte ich und stand auf. Ich schüttelte den Kopf über mein zerrissenes Höschen. Wenigstens hatte ich mehr mitgebracht, als ich vielleicht brauchen würde. Ich zog mir ein Neues an, dazu meine gefütterten Jeans und darüber ein T-Shirt, meinen Pullover und Storms dickes Kapuzensweatshirt, das nach Wald und ihm roch. Würde es ihm auffallen, wenn ich es nach dem Wochenende behalten würde? Wenn ich fliehen würde, würde ich seine Beruhigung und Wärme brauchen.

Mein Lächeln wurde schwächer, aber ich wandte mich von ihm ab, damit er es nicht bemerkte.

Wie konnte ich weggehen, wo ich doch gerade jemanden kennengelernt hatte, mit dem ich den Rest meines Lebens glücklich verbringen könnte? Ich wollte so viel.

Zu viel und nie genug wurde zu meinem Motto, aber es fühlte sich wie ein Fluch an, wenn es um mich und Storm ging.

Könnte ich mich in Monsterville verstecken? Ich brauchte nur zu warten, bis Vincent und seine Männer annahmen, dass ich die Stadt verlassen hatte. Dann könnte ich mich wieder rausschleichen und bei Storm sein. Vielleicht könnte ich ihn überreden, oben in den Bergen zu leben, wo niemand nach mir suchen würde.

Habe ich es gewagt, nach etwas zu greifen, das ich mehr als alles andere wollte? Wenn sie mich noch einmal erwischten, würden sie dafür sorgen, dass ich nie wieder entkommen würde. Dies könnte meine einzige Chance sein, mit jemandem zusammen zu sein, den ich liebe.

Liebe? Ich schüttelte den Kopf. Daran konnte ich im Moment nicht denken.

„Geht es dir gut?", fragte Storm. Er hatte auf dem Bett gesessen, während ich mich angezogen hatte; bei dem Feuer in seinem Blick wollte ich meine Kleidung abstreifen und ihn wieder auf die Oberfläche ziehen.

Es wäre falsch, Storm und die Rudel zu gefährden. Ich musste darauf vertrauen, dass Vincent uns nicht hierher gefolgt war. Wenn er es getan hätte, hätte ich ihn bereits gesehen.

Wenn sie wüssten, wo ich bin, würden sie keine Zeit verlieren. Sie würden auf die Lichtung stürmen und mich wegzerren.

Und Storm würde sie nicht aufhalten können.

KAPITEL 10

Storm

„Hey deine Freunde tanzen ums Feuer", sagte Luna lachend, als wir aus der Hütte in Richtung des lodernden Feuers schlenderten. „Das ist großartig."

Als sie innehielt und mein Rudel, meine Freunde und meine Familie bestaunte, blieb ich mit ihr stehen und legte meinen Arm um ihre Schultern. Sie trug mein Sweatshirt und meine Mütze; ich wollte sie mit allem, was ich hatte, einhüllen. Mich in sie einbrennen, damit sie mich nie vergisst. Ein urwüchsiger Alphawolf-Gedanke, aber ich konnte nicht anders.

Sie gehörte mir. Rudel. Freundin.

Und Gefährtin?

Das wusste ich noch nicht. Nach heute Abend weiß ich es vielleicht.

„Es ist so schön", sagte sie und ihre Augen glitzerten vor Aufregung.

Die Wölfe tanzten um das riesige Lagerfeuer und obwohl ich das in meiner Kindheit schon oft gesehen hatte, war ich erneut von der Erhabenheit meines Rudels in Wolfsgestalt beeindruckt.

Ich sah das Wunder durch Lunas Augen.

Flammen beleuchteten ihre schlanken, stahlgrauen mit Fell bedeckten Körper und warfen Schatten, die über den Boden flackerten. Ihre Bewegungen waren anmutig und fließend, während sie sprangen und sich drehten, wobei einige über andere herfielen, die aufsprangen und sich ins Spiel einschlichen.

„Es ist atemberaubend", staunte sie. „Ich bin voller Ehrfurcht."

Ihr Kläffen und spielerisches Bellen vermischte sich mit dem Knistern des Feuers und erzeugte eine wilde, ursprüngliche Melodie, die gleichzeitig aufregend und friedlich war. Es war das Rudel. Ich. Wir.

Und nun: Luna.

Mein Vater raste auf uns zu und nahm dabei nahtlos seine menschliche Gestalt an. Sein Tempo verlangsamte sich und er grinste uns beide an, als er zum Stehen kam.

„Da bist du ja", sagte er. „Deine Mutter wollte schon die Hunde auf dich hetzen." Sein Blick huschte zu Luna. „Bist du hungrig? Oder willst du mit uns tanzen?"

Ich sah zu Luna.

„Tanzen", erwiderte sie mit großer Freude. „Ist es möglich, dass ein Mensch mitmachen kann?"

Er zuckte mit den Achseln und warf einen Blick über seine Schulter. „Storms Schwester Tayla hat ihren Gargoyle-Freund mitgebracht, und es sind noch andere Menschen hier, die tanzen. Je mehr, desto lustiger, sage ich immer."

„Escudek richtig?", erklärte Luna. „Ich habe ihn bei

meiner Freundin Violet kennengelernt. Er ist einer der älteren Brüder ihres Mannes."

Das Lächeln meines Vaters ist nie verblasst und ich habe ihn wieder geliebt, und noch mehr. Wenn er sagte, jeder sei in unserem Leben willkommen, dann meinte er das auch so. „Ja Escudek. Er ist ... wunderbar. Diese Flügel! Ich kann mir nicht vorstellen, wie es sein muss durch den Himmel zu schweben. Und er behandelt deine Schwester gut", fügte er hinzu. „Als ich ihn das erste Mal traf, habe ich ihm meine Krallen gezeigt. Er hat einen guten Ruf in der Stadt, aber ich habe ihm gesagt, wenn er mit meiner Tochter spielt, wird das Rudel hinter ihm her sein." Er brach in Gelächter aus, doch sein Blick blieb ernst.

Ich war mir ziemlich sicher, dass er mit Escudek gesprochen hatte, obwohl ich wusste, dass er keine Drohungen ausgesprochen hatte. Nein, das würde in seinen sorgfältig gewählten Worten laut und deutlich zum Ausdruck kommen.

„Ich werde ihm auch die Krallen zeigen", erklärte ich und schielte zum Feuer. Escudek hob Tayla hoch und flog hoch über die Funken, wobei er sie festhielt. Ich hatte gehört, dass Gargoyles gerne sexuelle Dinge während des Fluges machten. Ich bezweifelte, dass er viel versuchen würde, solange sie in Wolfsgestalt war, aber sie konnte sich jederzeit verwandeln.

Und wenn wir uns verwandelten, war Kleidung nicht vorgeschrieben.

Aber sie war sechsundzwanzig, alt genug, um ihre eigenen Entscheidungen zu treffen. Sieh mich an, ich habe Luna vor nicht allzu langer Zeit mit meinem Mund zum Vergnügen gebracht. Ich kann kaum mitreden.

„Lass uns tanzen", rief mein Vater und verwandelte sich wieder in einen Wolf.

Ich nahm Lunas Hand und wir rannten ihm hinterher. Wir mischten uns unter die anderen, sprangen und schwankten um das Feuer und hielten uns aneinander fest.

Ich habe immer wieder Küsse gestohlen. Ich konnte nicht anders. Sie zu küssen - sie zu lieben - war mein einziger Wunsch.

„Wirst du dich verwandeln?", fragte sie.

„Möchtest du, dass ich es tue?" Ich hatte Lust dazu, weil ich mich dann am Freiesten fühlte, aber ich wollte nicht, dass Luna sich ausgeschlossen fühlte.

„Ich muss immer noch daran denken, als du ein Wolf warst", erwiderte sie und wiegte sich zu der rhythmischen Melodie, die von ein paar Gitarristen gespielt wurde. „Du warst hinreißend. Ich würde dich so gerne sehen, wenn ich weiß, dass du es bist Storm."

Wer brauchte mehr Ansporn als das? Ich bewegte mich schnell, kraulte ihre Finger und leckte sie ab.

Sie hörte auf zu tanzen und sank auf die Knie.

Ich fiel ihr in die Arme, strich mit dem Gesicht über ihren Hals und genoss ihre Arme, die sie um mich schlang.

„Es ist unglaublich", seufzte sie in mein Fell. „Du bist wunderschön."

Ich habe gebellt. Sie war die Schöne in dieser Paarung.

Sie richtete sich auf und begann sich wieder zur Musik zu bewegen. Das Feuer loderte hinter ihr und schoss Funken in den Himmel, als ob Glühwürmchen mit dem Rudel tanzten. Es war so kalt, dass ihr Atem in der Luft zu sehen war. Ihr schrilles Lachen, als sie sich drehte und sprang, ließ mein Herz singen.

Ich hüpfte um sie herum, tanzte, wie es nur ein Wolf kann, heulte die Sterne und den fast vollen Mond an und rannte zum Feuer und wieder zurück.

Sie wirbelte kichernd herum, warf den Kopf zurück und stieß ihr eigenes Heulen aus.

Ich lehnte mich zurück und bewegte mich mit Luna, wobei sich unsere Körper in völliger Harmonie aneinander rieben. Die Musik sank mir in die Knochen und holte meine Urgewalt heraus. Wolfswandler tanzten schon seit Jahrhunderten auf diese Weise bei Rudeltreffen. Das Treffen war nicht nur eine Chance, neue Kontakte zu knüpfen, sondern auch eine Gelegenheit, eine bessere Zukunft für uns alle zu schaffen.

Meine Eltern schoben sich in Wolfsgestalt an uns vorbei und kraulten sich gegenseitig die Hälse, und Tayla und Escudek tanzten nicht weit entfernt. Ich liebte es, alle glücklich zu sehen.

Das Lied endete und Luna und ich hörten auf zu tanzen, wir keuchten beide. Wenn ich noch in Wolfsgestalt wäre, würde ich mich vor Aufregung am Boden festkrallen.

Meine Schwester rannte herbei und nahm ihre menschliche Gestalt an, als sie uns erreichte. Das Lächeln auf ihrem Gesicht ließ meine Brust schmerzen. Sie war verliebt. Ich hoffte Escudek würde nett zu ihr sein. Er stürzte herbei, landete neben ihr und legte ihr einen Flügel um den Rücken. Sie lehnte sich an ihn und blickte zu ihm auf, so wie ich Luna ansah, als wäre sie meine ganze Welt.

In Escudeks Augen lagen Zärtlichkeit und Zuneigung und ich war froh, das Letztere zu sehen. Da sie meine Schwester war, wollte ich nicht an das Erste denken. Aber ich nahm an, dass sie, wenn sie in meine Richtung schaute, denselben Ausdruck auf meinem Gesicht sehen würde, wenn ich Luna anstarrte.

Escudek war größer als wir alle und die Stacheln an den Spitzen seiner Flügel ragten in den Himmel. Seine tintenblaue Haut verschmolz mit der Nacht, seine Flügel waren nur ein oder zwei Nuancen heller als der Rest seiner lederartigen Haut.

Bis ich Goreg traf, wusste ich nicht viel über Gargoyles, außer dass sie innerhalb ihrer Herde blieben. Goreg war das schwarze Schaf seiner Familie, wie ihn seine Frau Violet nannte, weil er seine Herde verlassen hatte, um die Berufsschule zu besuchen und dann sein eigenes Elektrogeschäft zu eröffnen. Der Rest der Herde baute Edelsteine aus den Tiefen des Bodens ab und verarbeitete sie zu exquisiten Schmuckstücken und Statuen. Sie schmolzen sogar Gold.

Escudek war bei der Herde geblieben, obwohl er sie lange genug verlassen hatte, um Goreg bei der Einrichtung des B&B zu helfen, indem er jetzt mit Violet lebte. Wie würde meine Schwester in das Leben der Herde passen? So wie sie sich ansahen, ahnte ich, dass ich es herausfinden würde.

„Ich bin Tayla, Storms Schwester", sagte sie und nickte Luna zu. „Ich bin so froh dich kennenzulernen. Mama und Papa haben mir erzählt, dass du toll bist und dass mein großer Bruder ganz vernarrt in dich ist."

Luna grinste zu mir hoch und lehnte sich an meine Seite. „Ich fühle mich geehrt. Deine Eltern sind so nett."

„Sie sind die Besten nicht wahr, Escudek?" Sie schmiegte sich an seine Brust und er umschloss sie mit seinen Flügeln.

„Das sind sie", erwiderte er, seine Stimme heiser vor Rührung. „*So wie du* Tayla."

„Hallo zusammen", rief George. „Es ist Zeit, es ist Zeit und zwar für ...?"

Aufgeregte Stimmen hallten über die Wiese, doch bei seinen Worten verstummten sie. Jeder bewegte sich ums Feuer herum, um zu sehen, was als Nächstes passieren würde.

George sprang auf eine Holzkiste und war damit einen Kopf größer als wir alle. „Es ist Zeit für Spiele!

Ich nahm Lunas Hand und drückte sie. „Was hältst du von Schnitzeljagden?"

KAPITEL 11
Luna

„Oh eine Schnitzeljagd klingt lustig", sagte ich und lehnte mich an Storms Seite. Ich hatte mit völliger Hingabe getanzt und für einen Augenblick hatte ich mich wie ein Rudel gefühlt, wie ein Wolf, genau wie sie. Aber so sehr ich auch dachte, es wäre toll, mich zu verwandeln und wegzulaufen, so sehr genoss ich es, ein Mensch zu sein.

„Na dann los." Storm drängte mich, mich denjenigen anzuschließen, die sich um den Anführer George versammelt hatten. Fiona stand abseits von allen anderen und beobachtete. Ihr Gesicht blieb neutral, aber ich spürte das Gewicht ihres Blicks. Ihre Hände verwandelten sich immer wieder in Klauen und sie ballte sie zu Fäusten. Ich hoffte, sie würde keinen Ärger machen.

„Einige von euch sind neu bei den Rudeltreffen, also erkläre ich euch das erste Spiel, eine Schnitzeljagd", sagte George. „Gestern waren einige von uns früh da und haben kleine Gegenstände im ganzen Wald versteckt, allerdings alle innerhalb von vier Kilometer vom Lagerfeuer entfernt."

Tayla ging herum und verteilte kleine Jutesäcke und

lächelte, als sie mir einen gab. Ich nickte dankend und schlang den Griff um mein Handgelenk.

„Ihr dürft alles behalten, was ihr findet, aber derjenige, der die meisten Schätze mitbringt, gewinnt einen größeren Preis." Er lächelte Escudek an und ließ einen tiefgrünen Stein an einer Kette in der Luft baumeln. „Ein Smaragd, gestiftet von der Gargoyle-Schar, plus die goldene Kette, an der er aufgehängt ist."

Ohhs und Ahhs ertönten, als sich der Stein drehte. Das Feuerlicht traf ihn und schickte grüne Strahlen durch die Menge wie Magie.

Escudek grinste und nickte denen zu, die ihm für die Spende dankten. Tayla lächelte zu ihm auf mit Herzen in den Augen.

„Für die Kleinen sind Preise in der Nähe des zentralen Bereiches versteckt, also bitte ich euch Erwachsene Abstand zu halten, bevor ihr mit der Suche beginnt. Damit ihr leichter erkennen könnt, welche Gegenstände für die Erwachsenen und welche für die Kleinen sind, sind die für die Kleinen in helles Papier eingewickelt. Alles andere wurde an versteckten Orten platziert, aber ich verspreche, dass es nicht schwer sein wird, sie zu finden."

Einer der Wandler in Wolfsgestalt schnupperte am Boden, warf dann den Kopf zurück und heulte.

Ein Haufen in Menschengestalt lachte.

Ich lehnte mich an Storms Seite und sein Arm legte sich um mich. „Ihr Wölfe werdet es leicht haben", schmunzelte ich. „Ihr werdet Georges Geruch aufnehmen und ihm dorthin folgen können, wo er die Schätze versteckt hat. Ich werde mich auf meine Augen verlassen müssen."

„Dann wird es dich freuen zu hören, dass wir in Teams antreten."

„Habt ihr alle Taschen?", fragte George und sah sich um. „Die Veranstaltung ist zeitlich begrenzt. Ihr werdet nicht alles finden und das ist Teil des Spaßes. Vielleicht findet ihr Dinge, die von einem früheren Treffen der Gruppe übriggeblieben sind.

„Nach was für Dingen suchen wir?", fragte ich.

Storm zuckte mit den Schultern. „Es kann fast alles sein. In einem Jahr fand ich Pfauenfedern und Eicheln, die mit kleinen Gesichtern bemalt waren."

Aufregung machte sich in mir breit.

Die Musik hatte zwar aufgehört, aber ich war so glücklich, dass ich weitertanzte. „Danke, dass du mich mitgenommen hast."

„Es gibt niemanden, mit dem ich das Rudeltreffen lieber verbringen würde als mit dir Luna."

Wir küssten uns und ich überlegte, ob wir nicht lieber in unsere Hütte verschwinden sollten, anstatt das Spiel zu spielen, aber das Gejohle der anderen weckte meine Begeisterung. Wir würden früh genug allein sein und die ganze Nacht in der Hütte verbringen.

Meine Knochen summten, während die Hitze tief in meinem Inneren brodelte.

„Irgendwelche Fragen?", erkundigte sich George.

Die Stille wurde nur durch das Summen der Vorfreude in der Luft und das Knistern des Feuers hinter uns unterbrochen.

„Eine Stunde also. Macht die Zeit anhand des Mondstandes aus und wenn ihr fertig seid ... Los!"

„Folge meinem Wolf", sagte Storm und verwandelte sich in seine Wolfsgestalt.

Ich war dankbar, dass ich Laufschuhe trug, obwohl es schön gewesen wäre in voller Laufmontur zu sein. Aber egal. Es ging hier um Spaß, nicht um Sport.

Um uns herum ertönte Getrampel und Gelächter, als alle in den Wald liefen.

Storm rannte einen Pfad im mondbeschienenen Wald entlang, hielt an, um den Boden zu beschnuppern und rannte dann weiter. Als ich schätzte, dass wir etwa einen halben Kilometer vom Lagerfeuer entfernt waren, verlangsamte ich mein Tempo und begann, nach versteckten Schätzen zu suchen.

„Ohhh", seufzte ich und entdeckte etwas Schönes am Fuße eines Baumes. Ich schob ein paar Himbeerstängel beiseite und hob den kleinen Zentauren auf. Er war aus Holz geschnitzt und etwa zwei Zentimeter groß. Ich streichelte seine winzigen Hufe und bewunderte die schlichte Schnitzerei, die die Person irgendwie majestätisch und geheimnisvoll zugleich erscheinen ließ. „Schnitzereien hm?"

„Bisher", erwiderte Storm neben mir. Er nahm die kleine Statue, drehte sie und betrachtete sie. „Wunderschöne Arbeit. Ein paar der Rudel haben sich zu einer Gilde zusammengeschlossen. Sie verkaufen ihre Kunst auf Messen und im Internet. Das hier sieht aus wie eines von ihnen." Er drehte sie um und deutete auf den winzigen Pfotenabdruck, der in den Bauch des Zentauren geritzt war. „Ja das ist ihr Zeichen."

Ich habe ihn vorsichtig in den Beutel gelegt.

„Mehr", sagte ich grinsend.

Er verbeugte sich. „Dein Wunsch ist mir Befehl." Wie ein Wolf lief er den Weg entlang, wenn auch in langsamerem Tempo und mit der Nase auf dem Boden. Er wich nach links aus, schulterte junge, immergrüne Bäume und ahmte einen Zeiger nach, indem er seine Vorderpfote hob, den Schwanz gerade ausstreckte und seine Nase in Richtung einer anderen Schnitzerei stupste, die auf der Spitze eines Baumstumpfes saß.

Ich nahm den winzigen geschnitzten Troll in die Hand und bewunderte das sonnige Lächeln auf seinem Gesicht und seinen lässig aufgesetzten spitzen Hut. Er gesellte sich zu dem Zentauren in unserem Beutel.

Wir setzten den Weg fort und fanden weitere Schnitzereien und sogar ein paar Edelsteine, die das Rudel von den Gargoyle-Schwärmen gekauft haben muss, es sei denn, Escudek hat sie auch gespendet.

Mein Favorit war die Schnitzerei eines Wolfs, die Storm so sehr ähnelte, dass mir die Tränen kamen.

Wenn ich gehen würde, was bald der Fall sein würde, würde ich diese Schnitzerei mitnehmen. Es tat weh, dass es alles sein würde, was ich von Storm haben würde, aber was sollte ich sonst tun? Ich hatte dieses Wochenende gestohlen, um es zu genießen, aber ich konnte von niemandem außer mir verlangen, den Preis zu zahlen, wenn er fällig wurde.

„Zeit", sagte Storm schließlich und blickte zum Mond hinauf.

„Wie kann man die Zeit anhand der Mondposition bestimmen?"

Er presste seine Faust gegen seine Brust. „Selbst wenn meine Augen geschlossen wären, würde ich es hier drin merken." Er stellte sich hinter mich und legte seine Handflächen auf meine Augen. „Hör zu."

Frische, kalte Luft füllte meine Lungen. Der Bergwind zischte durch den Wald und brachte den schwachen Duft von Kiefern und zerkleinertem Laub mit sich. Ein paar fröhliche Rufe mischten sich mit dem leisen Knacken der Äste im Wind.

„Ich höre nichts", erwiderte ich leise, um das Wunder um mich herum nicht zu zerstören.

„Es ist ein Flüstern von etwas, das man nicht definieren kann."

Ich ließ völlige Ruhe in meine Knochen einkehren und hielt den Atem an. Da. „Es ist wie etwas Wildes und Freies, das durch den Wald wirbelt."

„Das ist er. Der Mond. Unsere Wolfssinne sind so gut mit ihm verbunden, dass wir jedes Stückchen Dunkelheit spüren können, das über seine Oberfläche gleitet. So können wir die Zeit messen."

Erstaunlich. Ich hielt meine Augen geschlossen und lehnte mich zurück in seine Wärme. Ich war im Einklang mit der Natur, mit Storm. Mein Herz pochte und ein herrliches Gefühl stieg in mir auf.

Ich fühlte mich lebendiger als je zuvor, und das war seinetwegen.

„Es ist wunderbar hier", flüsterte ich. „Ich wünschte, wir könnten für immer hierbleiben."

„Es ist das Rudel. Die Welt um uns herum. Du und ich auch, Luna." Er hielt mich lange Zeit fest. Schließlich küsste er mich auf die Stirn. „Wir sollten zurückgehen. Aber wir können wieder in die Berge kommen, auch zum Treffpunkt, wenn sonst niemand hier ist. Ehe du dich versiehst, wirst du die Zeit auch am Gefühl des Mondes ablesen können."

Wenn es doch nur so sein könnte.

Leider wäre ich schon lange weg von hier, bevor das passieren würde.

Wir kehrten zum Lagerfeuer zurück.

„Zählt eure Schätze", rief George.

Storm ließ sich auf den Boden fallen und zerrte mich auf seinen Schoß. Wir öffneten den Beutel und kippten den Inhalt raus.

„Acht", sagte ich und zeigte ihm die Schnitzereien und Juwelen. „Ich habe das Gefühl, dass das nicht zum Sieg reicht."

„Wir hatten doch Spaß, oder?", schmunzelte er und seine Stimme kitzelte mein Ohr.

Ich nickte.

Seine Arme legten sich enger um mich. „Dann ist das alles, was zählt."

„Ruft eure Nummern auf", forderte George, schlenderte zwischen uns herum und hielt inne, um die gefundenen Schätze zu bewundern. „Elf. Fünfzehn!", rief er.

„Wir haben definitiv nicht gewonnen", seufzte ich, obwohl ich nicht traurig darüber war. Storm hatte recht: Wenn ich mit ihm zusammen war, spielte es keine Rolle, eine Schnitzeljagd zu gewinnen. Die schönen geschnitzten Figuren und Juwelen durfte ich trotzdem behalten.

„Und der Gewinner hat achtzehn gefunden", brüllte George aus der Menge. „Ich glaube, das könnte ein Rekord sein! Tayla und Escudek werden den Preis einfordern."

Alle jubelten, als Escudek den Stein um Taylas Hals hängte.

Ich lehnte mich in Storms Armen zurück und streichelte die kleine Wolfsschnitzerei.

„Da es beim Rudeltreffen nur um Spaß geht", erklärte George. „Hoffe ich, dass es ein wunderbarer Start für die Veranstaltung war."

„Ja", erwiderte ich mit Freude im Herzen. Es mag albern sein, aber ich umarmte die kleine Statue.

„Wölfe sind etwas Besonderes", sagte Storm leise.

Ich drehte mich in seiner Umarmung um und schlang meine Arme um ihn, wobei ich meinen Wolf fest im Griff hielt. „Du bist etwas Besonderes."

„Luna", hauchte er und beugte sich vor, um meinen Mund zu erreichen.

Wir küssten uns bis jemand johlte.

„Hebt euch das für die Auswahl auf ihr zwei", riefen sie und unterbrachen die Worte mit gutmütigem Gelächter.

Ich drückte mein Gesicht gegen Storms Brust und grinste. Ich schämte mich nicht der Welt zu zeigen, wie viel er mir bedeutete.

„Hast du Hunger?", fragte er und ich nickte.

Wir standen auf und schlenderten hinüber zu dem Buffet, das unter einem hölzernen Vordach mit offenen Seiten aufgebaut war. Auf dem Tisch stand mehr Essen, als eine Armee in einer Woche essen könnte.

Ich bemerkte Fionas Blick, die weiter unten in der Buffetschlange stand. Sie knurrte und stakste davon, wobei sie ihren vollen Teller in einen Mülleimer warf, als sie vorbeiging. Wenigstens hat sie mich nicht angegriffen.

Nachdem wir unsere Teller gefüllt hatten, setzten wir uns an einen der vielen Picknicktische unter dem Sonnensegel und aßen hastig. Frische Luft und Bewegung hatten meinen Appetit angeregt, sodass ich viel mehr als sonst aß.

„Möchtest du noch mehr?", fragte Storm und legte seine Gabel auf seinen leeren Teller.

Ich schüttelte den Kopf. „Das wird bis zum Morgen reichen."

„Und was ist mit heute Abend?", fragte er, wobei er die Luft mit einer neuen Art von Spannung auflud. „Hast du noch Platz für ein Dessert?"

Flammen züngelten über meine Knochen und konzentrierten sich in meiner Leistengegend. Ich rutschte auf der Bank näher an ihn heran und legte meinen Arm um ihn. „Was steht auf der Dessertkarte?"

„Ich glaube, es gibt ein komplettes Buffet."

„Dann glaube ich, dass ich gerne ..."

„Alle", rief George hinter uns und erinnerte mich daran, dass wir immer noch in Sichtweite waren. Obwohl ich bezweifelte, dass es viele interessieren würde. Wenn wir knutschen würden, wären wir nicht die Einzigen. „Versammelt euch wieder!"

„Willst du wissen, was als Nächstes kommt?", fragte Storm und ich nickte.

Wir standen auf, packten unsere Teller in einen Behälter und gingen auf George zu.

„Müssen wir beim Abwasch helfen oder so?", wunderte ich mich und blickte zurück, als eine Frau den Behälter mit dem schmutzigen Geschirr anhob und ihn zu einem Gebäude am Waldrand brachte. „Ich glaube, es steckt viel Arbeit darin, damit ein Rudeltreffen reibungslos abläuft."

„Ich soll ab morgen Mittag und bis zum Ende des Abendessens in der Küche arbeiten", erwiderte er und nahm meine Hand. „Wenn du helfen willst, kannst du meine Souschefin sein."

„Vielleicht möchte ich, dass du *mein* Souschef wirst", sagte ich spielerisch.

Er küsste mich knapp. „Wir können uns gegenseitig helfen."

„Kommt bitte näher", rief George. „Es ist Zeit für das nächste Ereignis!"

Storm legte seinen Arm um meine Taille, während Tayla und Escudek zu uns stießen und George beobachteten.

„Glückwunsch Gewinner", sagte ich und bewunderte den Stein, der an ihrem Hals baumelte.

Tayla grinste und fuhr mit ihren Fingern über die glatte Oberfläche. „Danke. Escudek ist ein erstaunlicher Spurenleser. Beim Fliegen konnte er mehr finden als ich, selbst in Wolfsgestalt und mit meinem geschärften Geruchssinn."

George kletterte wieder auf seine Holzkiste.

„Dies ist unsere feierlichste Aktivität", erklärte er und nickte der Menge zu. „Gefährtenwahl!"

Taylas Augenbrauen zogen sich zusammen und sie biss sich auf die Unterlippe, bevor sie zu Escudek aufsah. „Ja?"

„Immer", erwiderte er mit ehrfürchtiger und gefühlvoller Stimme.

Die herzliche Art und Weise, wie er es sagte, ließ mich vermuten, dass sie bereits über dieses Ereignis gesprochen, die endgültige Entscheidung aber auf diesen Moment verschoben hatten.

Händchenhaltend gingen sie auf George zu und gesellten sich zu den anderen Wölfen und den zurückverwandelten Menschen, die sich um ihn versammelt hatten.

„Was ist los?", fragte ich Storm.

Storm stand hinter mir. Er schob mein Haar zur Seite

und kraulte meinen Nacken, seine geflüsterten Worte kribbelten auf meiner Haut. „Gefährtenwahl. Wir können zusehen."

Ich neigte meinen Kopf zurück, um sein Gesicht zu sehen. „Willst du mitmachen?" Gefährtenwahl klang … formell. Dauerhaft? Den ernsten Gesichtern derjenigen um mich herum nach zu urteilen, war dies ein bedeutsames Ereignis.

„Nö. Will ich nicht."

Hatte er das gesagt, weil es hier niemanden gab, mit dem er sich paaren wollte, oder weil …? „Ich nehme an, dass ich nicht daran teilnehmen kann; es ist für Wolfswandler."

„Wie du siehst, kann jeder mitmachen, sogar Gargoyles." Er stupste mit dem Kinn in Richtung des Kreises, den alle um George bildeten. „Sieh mal, es gibt auch ein paar Menschen, die sich der Gruppe anschließen."

„Escudek sieht nervös aus." Der Gargoyle wackelte hin und her und seine Flügel flatterten nach außen.

„Er hat Angst, dass der Mond jemand anderen für meine Schwester auswählt als ihn."

„Der Mond wählt aus, mit wem er sich paaren soll? Und wenn wir von "paaren" reden, meinen wir dann Sex oder …?"

„Die Paarung ist für ein ganzes Leben."

„Wie eine Ehe."

„Ohne Scheidung".

„Niemals?", fragte ich und knabberte an meiner Unterlippe.

„Wenn die Gefährten nicht zusammenbleiben wollen, können sie sich trennen, indem sie es dem Mond erklären."

„Passiert das oft?", wunderte ich mich.

„Selten. Der Mond weiß es."

Ich wusste bereits, dass ich für immer mit Storm zusammen sein wollte, aber ich hatte Angst, dass meine Vergangenheit mich einholen und ihn mir entreißen würde. Ich hatte Angst, dass mein Bruder ihm etwas antun würde.

„Wie entscheidet der Mond?", fragte ich. Sicherlich war dies eine zeremonielle Sache; der Mond konnte nicht wirklich einen Gefährten für jemanden auswählen.

Ein Keuchen ertönte aus der Gruppe und zog meinen Blick auf sich. Der Mond leuchtete hell am klaren Nachthimmel. Sein Licht stach nach unten und fand irgendwie einen Weg durch die buschigen immergrünen Äste über uns. Es streichelte sanft Tayla, dann glitt es über den Boden und hob sich wie die Taschenlampe eines Riesen, um auf Escudeks Brust zu landen.

Er seufzte, als hätte er den Atem angehalten.

George schritt mit einem breiten Lächeln auf Tayla zu. Er nahm ihre Hand und führte sie in die Mitte des Kreises, dann tat er dasselbe mit Escudek. Dort fesselte er ihre Handgelenke mit einem Lederstreifen. Er hob ihre vereinten Hände und alle jubelten.

„Meine Schwester wurde also mit Escudek gepaart", sagte Storm und klang dabei genauso glücklich wie ich.

„Es ist wunderschön." Tränen stiegen mir in die Augen. Es war eine einfache und doch tiefgründige Zeremonie. „So etwas hätte ich mir nie vorstellen können."

Wir sahen zu, wie der Mond auf einer anderen Person landete, um dann ihren Gefährten zu wählen. Danach wurden drei weitere Paare gebildet, die sich mit Tayla und Escudek in der Mitte der Lichtung mit ihren gefesselten Händen trafen.

George blickte nach oben, ebenso wie die Wartenden. Die Wolken zogen über den Mond.

„Ahhh", seufzten die Wartenden einhellig.

„Keine Gefährtin für sie?", fragte ich und sah in ihre traurigen Gesichter.

„Diesmal nicht."

„Müssen sie auf das nächste große Rudeltreffen warten?"

„Der Mond wird wieder scheinen, sei es morgen Abend oder in einem Monat. Er wird diejenigen finden, die dazu bestimmt sind, sich ein Leben lang zu lieben und ihre Herzen der Welt zu offenbaren."

„Ich fühle mich geehrt, dies mit dir zu teilen", sagte ich.

George ging zu jedem Paar, küsste sie auf die Stirn und erteilte ihnen seinen Segen.

Tayla grinste zu Escudek hinauf, der etwas fassungslos aussah. Aber seine Flügel blieben um sie herum, und das sanfte Licht in seinen Augen spiegelte Verwunderung, nicht Bestürzung wider. Er muss über all das genauso erstaunt sein wie ich.

„Wie geht es weiter?", fragte ich und freute mich, ein kleiner Teil des Prozesses zu sein.

„Sie rennen."

„Rennen?"

„Pass auf", erwiderte er mit einem Lächeln. „Aber ich habe das Gefühl, dass Tayla und Escudek fliegen werden. Hast du schon vom ersten Flug gehört? Das ist Teil der Paarungstradition der Gargoyles."

„Ich weiß nicht viel über Gargoyles, außer dass ich mich ein paar Mal mit Goreg unterhalten habe. Er ist ein Schatz.

Er und Violet sind glücklich zusammen; er ist ihr völlig ergeben."

„Wenn sich Gargoyles paaren, vollziehen sie ihre Ehe im Flug."

„Wow." Ich sah zu, wie Tayla und Escudek die anderen Paare umarmten. Diejenigen, die nicht vom Mond auserwählt worden waren, holten sich etwas zu essen, und einige schlossen sich denjenigen an, die Holz für das Feuer nachlegten.

Tayla und Escudek verließen die Gruppe und schlenderten händchenhaltend in den Wald.

„Ich glaube nicht, dass wir sie in nächster Zeit wiedersehen werden", schmunzelte Storm.

„Die anderen Paare werden nicht fliegen."

„Und da kommt das Rennen ins Spiel", sagte er. „Der Mond hat sich entschieden, aber jetzt müssen sie entscheiden, ob ihre Wölfe einverstanden sind."

Die anderen Paare lösten ihre Handgelenksfesseln. Sie bewegten sich und ihre Partner blieben am Waldrand, während die erste Gruppe in die Dunkelheit rannte. Einige Sekunden später verfolgte die zweite Wolfsgruppe die Erste.

„Ich bin mir nicht sicher, was los ist", staunte ich.

„Sie rennen weg. Sie werden gefangen. Und wenn ihre Wölfe einverstanden sind, verwandeln sie sich zurück und …"

„Ah." Ich gluckste. „Klingt irgendwie sexy."

„Es ist archaisch. Eine Tradition, die so alt ist wie die der Wolfswandler."

Irgendetwas in mir sagte, ich solle weglaufen und mich von Storm fangen lassen. Ich stellte mir vor, wie wir ineinander verschlungen waren uns unseren Bedürfnissen hingaben und nur der Wald um uns herum Zeuge war.

Ich sah zu ihm auf. „Was würdest du tun, wenn *ich* weglaufen würde?" Ein Kribbeln durchfuhr mich und ich wusste, das war es.

Warum sollte ich mit dem Nachtisch warten, bis wir in der Hütte sind? Allein und hier draußen in der Wildnis mit ihm zu sein, weckte ein Bedürfnis, das ich kaum definieren konnte. Ich sehnte mich so sehr nach ihm, wie ich mich nie nach jemand anderem gesehnt hatte.

Ein Knurren des Bedürfnisses grollte in seiner Brust. „Warum läufst du nicht weg, Luna und findest heraus, was passiert?"

„Vielleicht werde ich das." Mit einem heiseren Lachen entglitt ich seinen Armen.

Ich joggte auf den Wald zu, meine Haare wehten hinter mir und mein Herz brannte.

Als ich auf einen Weg stieß, rannte ich weiter.

Die Ballen von Storms Pfoten donnerten hinter mir.

KAPITEL 12

storm

Nachdem sie mir einen lüsternen Blick zugeworfen hatte, flüchtete Luna in den Wald und schloss sich der Rudeltradition an. Mein Blut rauschte. Sie rief nach einem Gefährten, der sie jagen und für sich beanspruchen sollte.

In mir kochte die Hitze, die durch das kühle, willkommene Licht des Mondes gemildert wurde.

Ich verwandelte mich um und rannte hinter ihr her, mein Herz raste.

Wie schon meine Vorfahren vor mir jagte ich das Weibchen, das ich am meisten wollte. Wenn ich sie gefangen hatte, würde ich sie beanspruchen. Es wurde behauptet, dass Beanspruchungen wilde, ungezähmte Raufereien sein könnten, aber niemand würde eine Frau ohne ihre Zustimmung nehmen. Das war in meinem Volk heilig.

Die Tatsache, vom Mond auserwählt worden zu sein, war eine ehrwürdige Sache, die es zu respektieren und zu schätzen galt, und die Festigung der Bindung, die darauf folgte, wurde über alles andere geschätzt.

Ich blieb hinter Luna, um ihr die Möglichkeit zu geben,

etwas Abstand zwischen uns und den anderen zu bringen. Ihr Lachen ertönte, und ich genoss den Klang ihrer Freude. Wenn ich sie erwischte, würde ich sie küssen bis sie stöhnte. Und dann würde ich ihr zeigen, wie viel sie mir bedeutete.

Sie erreichte einen langen Wegabschnitt, beschleunigte ihr Tempo und rannte auf eine kleine Wiese hinaus. In dem tiefen Gras verlangsamte sich ihr Tempo und ich konnte sie leicht einholen. Nur wenige konnten einem Wolf entkommen.

Aber es war klar, dass sie gefangen werden wollte.

Ich sprang auf und drehte mich in der Luft. Ich packte sie und brachte uns zu Boden, wobei ich sie festhielt, um den Sturz mit meinem Körper abzufangen.

Wir landeten im Gras, ich rollte mich ab und kam schließlich mit ihr auf meiner Brust liegend zum Halt. Sie stützte sich über mir ab. Ihr Lächeln durchwärmte mich. Ihre Finger auf meinen Schultern sanken in mich ein wie geschmolzener Honig. Und das berauschende Licht in ihren Augen entfachte die Hitze tief in mir.

Sie so zu sehen, bereitete mir Herzschmerzen.

Das Mondlicht fiel von oben herab und glitt über ihre wunderschönen Züge.

Ihr Keuchen ertönte, als sie aufblickte und ihr Gesicht sich mit Verwunderung füllte.

Der Mond tanzte über ihr und brachte ihre Haut zum Funkeln, bevor er auf mir landete und dasselbe tat. Ein Blinzeln und er war weg.

„Wir ..." Ihr Blick traf meinen. „Storm. Das heißt, wir sind ..."

„Vom Mond ausgewählt."

Ehrfurcht erfüllte mich. Das war der Grund, warum ich

mich so schnell in sie verliebt hatte, warum ich mich von dem Moment an, als ich sie sah, nicht mehr von ihr fernhalten konnte. Mein Herz wusste es bereits. Mein Verstand brauchte nur Zeit, um aufzuholen.

„Storm", seufzte sie und Tränen liefen ihr über die Wangen.

Ich wollte, dass sie glücklich ist, aber es schien, dass die Verbindung zu mir ihr das nicht ermöglichte.

„Du willst mich nicht." Schmerz stach durch meine Brust. Ich konnte kaum noch atmen.

„Doch will ich."

Ich war mir nicht sicher, warum, aber ich spürte die Verzweiflung in ihr aufsteigen.

„Beanspruche mich Gefährte", erwiderte sie. „Lass mich die Welt vergessen. Gib mir eine Erinnerung, die ich ..." Sie kniff die Augen zusammen und als sie sie wieder öffnete, sah sie glücklich aus. „Ich will dich."

Hier ging mehr vor sich, als sie zugab, aber ich würde sie nie zwingen, es zu erzählen. Sie würde es tun, wenn die Zeit reif war.

„Liebe mich Storm", flüsterte sie. „Das ist alles, was ich brauche."

Ich liebte sie und würde es immer tun.

Ihr Mund suchte meinen, mehr brauchte ich nicht.

Ich rollte mich, bis sie unter mir lag. Während wir uns küssten wurde unser Atem rasend. Wir zerrten an den Kleidern des anderen und zogen jedes Teil mit kleinen Lachanfällen aus, wenn sich ein Arm oder ein Bein im Stoff verfangen hatte. Unsere berauschenden Seufzer erklangen, als wir uns gegenseitig streichelten.

Die Hitze, die zwischen uns entstand, verdrängte die kalte Luft.

Ich fuhr mit meinen Handflächen an ihren Seiten hinauf, kitzelte ihre Haut, fand ihre Brüste und umfasste sie. Als ich mit dem Daumen über ihre Brustwarze strich, stöhnte sie auf und streckte sich meiner Berührung entgegen.

Eine ihrer Hände fuhr durch mein Haar und hielt mich fest. Die andere glitt über meinen Hals, meine Kehle und meine Brust und neckte meine Brustwarzen, während ich das Gleiche mit ihren tat.

Mein Schwanz war eine feste Stange zwischen meinen Beinen und die Vorfreude ließ mich immer wieder zusammenzucken. Bald würde ich ganz in ihr sein. Ich würde alles daransetzen, nicht sofort abzuspritzen. Es war wichtig, dass sie es nicht nur fühlte, sondern dass sie es noch mehr genoss als ich.

Als sie meine Brustwarzen kniff und sie zwischen ihren Fingerspitzen massierte, knurrte ich gegen ihren Mund. Ich küsste ihren Kiefer und ihren Hals entlang und bewegte meinen Körper tiefer, um ihre herrlichen Brüste zu erreichen. Ich musste sie mehr schmecken, als ich atmen musste.

Meine Hand bewegte sich wie von selbst, glitt an ihrem Körper hinunter und zwischen ihre Schenkel.

Sie öffnete sich mir, spreizte ihre Beine weit und ich stöhnte auf, als ich spürte, wie feucht sie bereits war. Ich ließ meine Finger an ihrem Saum hinaufgleiten und fand ihre Klit, während ich eine ihrer Brustwarzen in meinen Mund nahm.

Sie bäumte sich unter mir auf, ihre Hüften streckten sich nach oben, während sie ihre Wirbelsäule krümmte.

„Ich brauche dich", stieß sie hervor.

„Ich gehöre dir Gefährtin", erwiderte ich ehrfürchtig. Manche Wölfe warteten ihr ganzes Leben ohne vom Mond auserwählt zu werden. Mir war ein unglaubliches Geschenk zuteilgeworden und ich würde dem Mond für den Rest meiner Tage danken, während ich Luna liebte.

Ich schob zwei Finger in sie hinein. Sie war eng, fast zu eng. Einen Moment lang machte ich mir Sorgen, dass ich nicht hineinpassen würde, aber als ich meine Finger tiefer schob, entspannten sich ihre Muskeln. Sie seufzte und ihre Augenlider flatterten. Sie klammerte sich an meine Schultern.

Ihre Augen öffneten sich wieder und dieses Mal konnte ich nicht atmen, als ich hineinblickte. Selbst ohne Worte konnte ich erkennen, dass sie dieselbe Ehrfurcht überkam.

Das hat mich demütig gemacht und ich habe sie noch mehr geliebt.

Ich fuhr mit meiner Zunge über ihre Brustwarze, während ich meine Finger in sie schob. Ich fügte einen Dritten hinzu, sie war so verdammt anschmiegsam, dass ich fast kam.

Sie schloss die Augen, biss sich auf die Unterlippe und entblößte die zarte Spalte ihres Halses für mich. Ich wanderte ihren Körper hinauf und küsste die Stelle, an der ihr Puls raste, weil ich wusste, dass es eine empfindliche Stelle war; ihr Atem stockte. Sie war so empfänglich. Ihre Hand umklammerte meine Schulter, aber sie entspannte sich und spreizte ihre Beine weiter. Als ich sie tiefer küsste, über ihren Bauch, klammerte sie sich an mein Haar.

Ihre hübsche kleine Klit glitzerte im Mondlicht. Ich musste sie kosten.

Während ich meine Finger in ihr bewegte, nahm ich ihre Klit in den Mund und fuhr mit der Zunge darüber.

Sie stöhnte, streichelte mit ihren Fingern durch mein Haar und hielt sich fest.

Mit jeder Berührung meiner Zunge leckte und saugte ich ihre herrlichen Säfte auf. Ihr Stöhnen wurde tiefer, heiserer. Ihre Schenkel klammerten sich an die Seiten meines Kopfes, während ich über ihren Schlitz leckte und meine Zunge zusammen mit meinen Fingern in sie hineinschob.

„Storm", flüsterte sie und ließ ihren Kopf ins weiche Gras sinken.

Ich fand es toll, dass sie mir voll und ganz vertraute, dass ich dafür verantwortlich war, dass sie Vergnügen hat.

Ich umkreiste ihre Klit wieder mit meiner Zunge und konzentrierte mich auf den engen Kreis von Muskeln um meine Finger, als ich sie tiefer schob.

Ihre Hand packte mein Haar fester. „Hör nicht auf. Niemals aufhören."

Ich bewegte meine Finger in ihr, während sich meine Zunge immer noch auf ihre Klit konzentrierte. Eine ihrer Hände löste mein Haar und sie glitt zu meiner Schulter. Sie klammerte sich an mich, ihr Körper spannte sich unter meinem an.

Ich drehte meine Finger und stellte sicher, dass ich ihren G-Punkt traf.

Und als ich heftig an ihrer Klit saugte, kam sie mit einem Schrei. Sie ritt auf meinem Mund, krümmte sich, während ihre gutturalen Schreie auf der kleinen Wiese widerhallten.

„Ja", stöhnte sie. „Storm. Ja."

Sie schaukelte weiter gegen mich, ihr Atem ging stoßweise, während ihr Körper weiter zitterte.

Ich küsste ihren Körper hinauf und zog meine Finger aus ihrer feuchten Scheide.

Sie griff nach mir, ihre Hände wanderten an meinen Seiten hinauf.

„Ich liebe dich", flüsterte sie.

Ah. Ich hatte mich noch nie so geehrt gefühlt. „Ich liebe dich auch." Es war mir egal, dass meine Stimme heiser war oder dass ich ihr mit diesen Worten alles gab.

Sie war die Welt, die Sterne und der Mond für mich.

„Nimm mich."

„Bist du sicher?", fragte ich und erinnerte mich noch daran, wie eng sie war. Wie groß ich war.

Sie grinste mich an und nickte. „Ich gehöre dir."

Sie sah zu, wie ich ihre Fersen auf meine Schultern hievte.

Ich richtete meinen pochenden Schwanz auf ihr Innerstes und stieß nach vorne, um meine Länge in ihr zu vergraben.

KAPITEL 13

Luna

Er war groß und dick, und er gehörte ganz mir.

In dem Moment, als er bis zum Anschlag in mir steckte, spürte ich, wie sich mein Körper erneut zu verkrampfen begann. Er hatte mir gerade einen starken Orgasmus beschert, aber ich ahnte, dass ich mindestens noch einmal kommen würde, bevor er mit mir fertig war. Das zweite Mal würde noch besser werden als das Erste.

„Luna", stöhnte er, als er sich zurückzog und wieder in mich eindrang. Er stieß in mich und wechselte sein Tempo, während ich mich ihm entgegenstreckte.

Ich hatte Angst, dass ich zu früh explodieren würde. Ich brauchte das Gefühl, dass er mit mir kommt.

„Du bist wunderschön. Wunderbar", sagte er. „Ich kann nicht genug bekommen."

Ich klammerte mich an seine Schultern, als er das Tempo beschleunigte.

„Bist du bei mir?", knurrte er.

„Ja. Mehr Storm. Mehr."

Während meine leisen Freudenschreie um uns herum

widerhallten, bewegte er sich schneller und stieß mit seinem Körper gegen meinen.

„Ich möchte in dich hineinkriechen und für immer dortbleiben", sagte er. Er ließ seine Finger über meine Hüfte gleiten, fand meine Klit und massierte sie.

„Storm. Ja", zischte ich. „Genau so." Ein Wimmern entschlüpfte mir.

Er schob sich weiter in mich hinein und sein Körper verkrampfte sich.

„Komm", seufzte ich. „Ich bin bei dir." Immer bei ihm.

Seine Muskeln spannten sich an und ein heiseres Stöhnen ertönte.

Wir kamen zusammen, laut und explosiv, eine Begegnung zwischen seiner und meiner Welt, die für immer in uns bleiben würde. Sein heißer Samen umspülte meine inneren Wände und trieb mich dazu, wieder zu kommen. Ich wurde von einem Orgasmus nach dem anderen überrollt, bis ich das Gefühl hatte, nicht mehr zu können.

Mit einem Knurren beugte er sich vor und knabberte an meiner Schulter. Er biss fest genug zu, um einen Abdruck zu hinterlassen, ohne die Haut zu verletzen. Das Gefühl war unglaublich.

„Du", grummelte er.

„Du", wiederholte ich und konnte mir ein Grinsen nicht verkneifen. „Ich fühle mich wunderbar."

„*Du bist* wunderbar. Unglaublich. Ich werde nie genug von dir bekommen können."

Seine Arme legten sich um mich und er rollte sich, bis ich auf ihm lag. „Du hast doch schon mal was von Verknoten gehört oder?"

Ich runzelte die Stirn. „Nur vage."

„Du fühlst dich da unten wirklich größer an." Und auch dicker, als hätte er sich noch mehr ausgedehnt.

Sein Schwanz zuckte und schob sich tiefer. Das Gefühl löste ein köstliches Beben tief in meinem Inneren aus.

„Wie lange werden wir zusammen verharren?", fragte ich und liebte das wunderbare Gefühl.

Liebte ihn.

„Nicht lange genug." Seine Arme legten sich um mich und ich schickte einen Wunsch zum Mond.

Bitte lass mich ihn nicht verlassen.

KAPITEL 14

Storm

Wir kehrten zum zentralen Platz zurück und verzehrten unter dem Sonnensegel einen Teller voller Snacks.

Andere neu Gepaarte kamen aus dem Wald und schlossen sich uns an. Wir plauderten, lachten und die Luft war erfüllt von purer Zufriedenheit.

Escudek landete auf der Lichtung und hielt meine Schwester fest. Händchenhaltend gingen sie zum Buffet hinüber.

Der glückliche Gesichtsausdruck von Tayla veranlasste mich zu Escudek zu schreiten und Luna mitzunehmen. Die Frauen umarmten sich und lachten vor Freude, während ich Escudek die Hand schüttelte. Und weil ich selbst so glücklich war, umarmte ich ihn und tätschelte seine ... na ja, ich konnte seinen Rücken nicht erreichen, also tätschelte ich einen seiner Flügel, der an seiner Wirbelsäule hing.

„Willkommen in der Familie", sagte ich, als ich zurücktrat.

„Danke." Er strahlte Tayla an und presste sie eng an seine Seite.

Sie schnappten sich Teller. Ich wandte mich an Luna.

„Möchtest du noch ein bisschen um das Feuer tanzen?" Ich ergriff ihre Hände und drückte sie. Ich wollte sie für immer festhalten, aber irgendwann würde ich sie wohl loslassen müssen.

„Lass uns in unsere Hütte gehen." Das sanfte Lächeln, das sie mir schenkte, ließ mein Herz höherschlagen. Einfach so wollte ich sie erneut.

Wir wuschen uns in den Unisex-Badezimmern, dann gingen wir in unsere Hütte, zogen uns aus und legten uns ins Bett.

Luna zitterte, bis ich sie an mich zog und sie in meine Arme und meine Wärme einhüllte. Wir begannen uns zu küssen und zu streicheln, und bald waren wir beide stöhnende Wracks.

Ich drehte sie auf den Rücken, spreizte ihre Beine und kroch zwischen sie. Ich würde nie genug davon bekommen, sie zu befriedigen. Es war mir sogar egal, ob ich selbst kommen würde. Ihre Befriedigung bedeutete alles.

Ich leckte ihren Schlitz hinauf, stach mit meiner Zunge in sie hinein, als ich vorbeikam, und konzentrierte mich dann auf ihre Klit. Sie war süß, geschwollen und gehörte ganz mir.

Lunas Körper bebte daraufhin, ihre Finger griffen nach meinen Haaren, während ich ihren Körper immer stärker antrieb.

Ich fuhr fort sie zu necken und zu quälen, mich an ihrer süßen Nässe zu ergötzen, bis sie sich in ein sich windendes, wimmerndes Wrack verwandelt hatte.

Nichts könnte mich glücklicher machen als das. Einfach

bei ihr zu sein. Sie zu lieben. Mein einziger Grund zu existieren war es, meiner Gefährtin Vergnügen zu bereiten, sie jede Nacht für den Rest unseres Lebens zu befriedigen.

Ich bewegte mich nach oben, küsste die Länge ihres Körpers und genoss ihre Freudenschreie.

Als ich ihre Brüste erreichte, hielt ich inne und saugte eine ihrer Brustwarzen in meinen Mund, wobei ich sie massierte, während sie mir ihren Oberkörper entgegenstreckte. Ich saugte weiter, während ich ihre andere Brust streichelte und die Brustwarze zu einem harten Nippel reizte.

Ich drehte sie auf den Rücken und hob ihre Hüften an, grinste darüber, wie feucht sie war und wie sich ihre Lippen für mich öffneten.

Sie drängte sich mir entgegen. „Ich brauche dich Storm. Bitte!"

Wie könnte ich widerstehen?

Ich drückte meinen Schwanz gegen ihren Eingang und reizte sie, indem ich die dicke Eichel gerade hinein gleiten ließ und dann wieder herauszog. Als sie wimmerte und die Decke umklammerte und sich bei jedem meiner kurzen Stöße nach hinten drückte, konnte ich mich nicht länger zurückhalten, sie zu beanspruchen. Ich trieb meinen Schwanz in sie hinein und knurrte vor Lust, als ihre engen Wände mich umschlossen. Luna keuchte und bewegte ihre Hüften in einer langsamen Schaukelbewegung, die uns beide vor Lust stöhnen ließ.

Wir entspannten uns gemeinsam und ich begann mit langsamen Stößen, wobei ich die Geschwindigkeit allmählich erhöhte, als sie sich mir entgegenstreckte.

Ich beugte mich über sie und streichelte ihre Klit. Ich genoss, wie sie bebte und seufzte, als ich es tat.

Sie keuchte und ihr Körper begann zu zittern, als sie sich ihrem ersten Höhepunkt hingab.

Meine Bewegungen wurden hektisch und leidenschaftlich, als sich unser Liebesspiel intensivierte. Mit jedem Stoß beschleunigte sich mein Atem und mein Herz schlug schneller. Die Leidenschaft zwischen uns war greifbar, eine dicke Schnur, die uns aneinanderband. Sie konnte niemals durchtrennt werden.

Ich erreichte meinen Höhepunkt zur gleichen Zeit wie sie und schrie ihren Namen. Mein Schwanz wurde dicker und die Spitze schwoll an, während ich mich in ihr bewegte, alles einforderte, was ihr Körper hergab und es immer wieder zurückgab.

Mit meinem Schwanz in ihr verknotet, hielt ich sie fest und ließ uns immer noch verbunden auf das Bett sinken. Pure Glückseligkeit erfüllte mein Herz, meinen Körper, meine Seele.

„Ich weiß nicht, wie ich jemals ohne dich überleben konnte Luna", flüsterte ich und streichelte ihren Körper. Als ich mit meinen Fingern über ihre Brust fuhr und an der süßen Knospe ihrer Brustwarze innehielt, bebten ihre inneren Wände um mich herum und ließen meinen Schwanz erneut pulsieren.

Als sich mein Schwanz endlich entknotete, zog ich ihn aus ihr heraus und drehte sie so, dass sie auf mir lag.

Sie streichelte meine Brust, während ich die Decke über uns hochzog.

Dann hielt ich sie fest.

Ich ließ sie nicht los, auch nicht, als der Mond sich

langsam dem Horizont näherte, und auch nicht, als das helle Licht der Morgendämmerung am Himmel erblühte. Ich küsste ihren Kopf, als sie schlief, und schützte sie in meinen Armen.

Erst als ich hörte, wie die Leute, die unser Frühstück zubereiteten, sich draußen bewegten, konnte ich endlich schlafen.

Auch wenn ich sie nahm, brauchte ich keine Ruhe.

Meine Gefährtin in den Armen zu halten hat mich verjüngt.

KAPITEL 15

Luna

Ich wachte auf und lag auf Storms Brust.

Er streichelte meinen Rücken, küsste meinen Kopf und hielt mich die ganze Nacht lang fest.

„Hast du geschlafen?", flüsterte ich.

„Genug."

Vielleicht können wir später ein Nickerchen machen. Obwohl das vielleicht auch nicht viel Schlaf bringt.

„Ich gehe ins Bad." Ich rutschte aus dem Bett, zog meine Jeans und ein T-Shirt an und steckte meine Füße in meine Turnschuhe. Dazu trug ich Storms Sweatshirt, das ich nie wieder hergeben würde.

Er beobachtete mich mit einem berauschenden Schimmer in seinen wunderschönen grünen Augen. Es ließ mein Herz einen Schlag aussetzen. „Komm zurück!"

Der Eifer in seiner Stimme reichte aus, um mich zu beeilen, aber als ich sah, wie sein Schwanz steif wurde, musste ich grinsen.

„Schlaf", sagte ich und strich mit einem Finger über seine Brust. „Ich wecke dich, wenn ich zurückkomme."

„Meinst du, das Ding lässt mich schlafen?" Er tippte auf seinen wippenden Schwanz.

„Halte den Gedanken fest."

Ich schnappte mir mein Badeset, ein Handtuch und Kleidung zum Wechseln und dachte, ich könnte auch gleich duschen. Trotz meiner Begierde, seinen Schwanz zu reiten, wollte ich ihm Zeit geben, sich auszuruhen. Es war ein wunderbares Gefühl, in seinen Armen zu schlafen; zum ersten Mal seit einer Ewigkeit hatte ich mich sicher gefühlt. Aber auch er brauchte Ruhe.

Nachdem ich geduscht hatte, trat ich aus der Hütte.

Ich hörte etwas, das sich wie ein Weinen anhörte und schaute mich um. War ein verwundetes Tier in der Nähe?

Nahe der Rückseite des Gebäudes entdeckte ich einen etwa fünfjährigen Jungen, der in einem steinumrandeten Loch saß. Warum jemand an dieser Stelle ein Loch gegraben hatte, war mir ein Rätsel, aber meine größte Sorge galt dem Jungen.

„Geht es dir gut?", fragte ich und kniete mich an den Rand des Lochs, das etwa zwei Meter tief war.

„Ich und Toof sind reingefallen", erwiderte der Junge und sah zu mir auf. Er rappelte sich auf.

„Geht es dir gut?", fragte ich erneut.

Er nickte. Tränen liefen über sein Gesicht und an seiner linken Schläfe bildete sich ein kleiner Bluterguss. Ansonsten schien er jedoch unverletzt zu sein.

„Toof ist dein Freund?" Ich betrachtete den Chihuahua, der neben ihm saß und mich mit welpenhafter Hoffnung in den Augen ansah.

„Toof ist gestürzt", sagte der Junge. „Ich musste ihm helfen!"

„Da glaube ich." Ich setzte mich und ließ meine Beine in das Loch baumeln. „Ich werde zu dir runterkommen. Geh zurück, damit ich springen kann okay?"

„Okay." Der Junge hob den Welpen auf und ging zurück auf die andere Seite der zwei Meter breiten Grube.

Ich sprang und landete direkt, bückte mich und streckte dem Jungen meine Arme entgegen.

Er stürzte auf mich zu und ich hielt ihn fest, klopfte ihm auf den Rücken und murmelte ihm beruhigende Worte zu. Als er aufgehört hatte zu weinen, setzte ich mich zu ihm und hielt ihn weiter fest, streichelte sein Haar, während der Welpe sein Gesicht abschleckte und versuchte an mir hochzuspringen.

„Trevor", rief jemand von der Vorderseite des Gebäudes. „Wo bist du?"

„Bist du Trevor?", fragte ich, und er nickte. „Dann sieht es so aus, als würde jemand nach dir suchen. Deine Mutter vielleicht?"

Er schüttelte den Kopf. „Tantchen."

„Dann dein Tantchen." Ich stand auf und hielt ihn fest. „Hier. Wir sind hier!"

„Trevor?" Die Stimme wurde lauter.

„Hier", rief ich. „Ich habe Trevor hier! Wir brauchen Hilfe."

Schritte näherten sich, eilten an der Seite des Gebäudes entlang und Fiona bückte sich neben dem Loch und schaute zu uns herunter.

Ah Tante Fiona, dachte ich mir.

„Was machst du mit meinem Großneffen?", spie sie.

„Ich bin gestürzt Tantchen", erwiderte Trevor und zappelte in meinen Armen.

„Ich hörte ihn weinen und forschte nach", sagte ich. „Ich habe ihn hier mit seinem Welpen gefunden. Ich weiß nicht, warum das Loch so nah am Hauptbereich ist, aber ihr solltet es stopfen, bevor noch jemand verletzt wird."

„Es ist ein Schottloch."

Was für ein Platz für ein Schottloch. Ich betrachtete die Steinseiten und eine hölzerne Luke an der Rückwand, die ich übersehen hatte. „Vielleicht solltet ihr es ein wenig ausbauen? Eine Treppe wäre praktisch, und wenn ihr das Loch abdecken würdet, würde niemand hineinfallen."

Sie schaute sich um. „Sie arbeiten noch daran. Sie haben es mit einem Stück Sperrholz abgedeckt, damit kein Wasser eindringt und solche Dinge nicht passieren können." Sie zeigte auf die Luke. „Das ist ein Notausgang aus dem Keller. Ich weiß allerdings nicht, wo die Leiter oder die Abdeckung geblieben sind."

Ich löste Trevor von meinem Schoß und stand auf. „Ich übergebe ihn und seinen Welpen an dich."

Ihre Lippen wurden schmaler. „Danke."

Ich stellte mir vor, dass es ihr schwerfiel, das zu mir zu sagen. „Gern geschehen. Er hat mir leidgetan. Er scheint sich die Stirn gestoßen zu haben. Wir sollten das untersuchen lassen. Aber abgesehen davon scheint er nicht verletzt zu sein." Ich setze ihn ab. „Schnapp dir Toof und ich bringe euch beide mit dem Aufzug nach oben."

„Au-zug?", fragte er und zog die Stirn in Falten. „Was ist dat?"

„Du wirst schon sehen." Ich lächelte, um ihn zu beruhigen. „Bist du bereit?"

„Bin ich." Er klammerte sich an Toof und hüpfte auf der Stelle. „Will Au-zug fahren!"

„Kommt sofort", erwiderte ich fröhlich. „Strecke deine Arme hoch zu Tantchen." Ich hob sie hoch, sie packte sie und zog sie aus der Grube.

Fiona stellte Trevor auf den Boden und sah zu mir hinunter. „Die Leiter lehnt an der Rückwand. Ich lasse sie zu dir hinunter."

Ich hatte fast erwartet, dass sie mich hier zurücklassen würde. Damit wäre das, was sie als Problem ansah, erledigt. Aber sie hielt ihr Wort und stellte die Metallleiter vorsichtig in das Loch.

Sie beobachtete mich beim Aussteigen und runzelte die Stirn. „Nochmals vielen Dank. Trevor ist ein Schatz, aber ziemlich schelmisch."

Ich schüttelte den Kopf. „Wie die meisten Jungs richtig?"

„Ja, wie die meisten Jungs." Sie drehte sich um und nahm Trevors Hand. „Bringen wir dich zu deiner Mutter Schatz. Sie hat überall nach dir gesucht." Sie führte ihn zur Seite des Gebäudes und warf mir einen Blick zu, den ich nicht definieren konnte, bevor sie den Jungen in Richtung des zentralen Treffpunkts führte.

Ich streifte meine Jeans ab, schnappte mir meine Badetasche vom Boden und warf sie mir über die Schulter.

Meine Schritte wurden leichter, als ich zu unserer Hütte zurückkehrte.

Vielleicht hasste Fiona mich nicht mehr.

KAPITEL 16

Storm

Nach dem Frühstück halfen wir, Brennholz und Anzündholz für das heutige Feuer aus dem etwas weiter entfernten Schuppen zu tragen. Jeden Sommer kam ich mit anderen hierher, um Holz aus den umliegenden Wäldern zu schlagen, es zu spalten und im Gebäude zu stapeln.

„Was steht heute auf dem Programm?", fragte Luna. Sie warf immer wieder Blicke in Fionas Richtung. Hatte die andere Frau etwas Schreckliches zu Luna gesagt? Ärger stieg in mir auf, gefolgt von dem Drang, Menschen in Stücke zu reißen, um meine Gefährtin zu schützen. Ein Teil davon kam von unserer mondgeschenkten Verbindung, der Rest von reiner Liebe.

„Ist alles in Ordnung?", fragte ich.

Ich wollte Fiona finster anstarren, aber mein Herz erweichte sich, sobald ich sie ansah. Sie war wie eine Mutter für mich gewesen, als ich aufwuchs und seitdem eine Freundin. Eine Mischung aus Gefühlen wühlte in mir auf. Ich würde alles tun, um Luna vor ihr zu beschützen, aber ich wünschte, es gäbe eine Möglichkeit, dass Fiona sehen könnte, wie wichtig mir Luna ist, dass sie akzeptieren würde, dass ich mit ihr zusammen bin.

Aber Fionas Gesichtsausdruck war eher verwirrt als wütend. Vielleicht kam sie, um die Luna zu sehen, in die ich mich verliebt hatte.

„Ja, alles ist in Ordnung", sagte Luna.

„Schau mal Luna!" Trevor, Fionas Großneffe, kam zu uns herübergerannt. „Schau! Ich habe eine Blume für dich." Er schenkte ihr ein breites Lächeln. „Ich habe sie selbst gepflückt."

„Sie ist wunderschön", erwiderte Luna, beugte sich auf die Höhe des Jungen hinunter und nahm ihm den Stängel der Goldrute ab.

Trevors Chihuahua hüpfte zu uns herüber und sprang auf Lunas Knie.

„Und wie geht es dir Toof?", fragte Luna und streichelte den Rücken des kleinen Tieres, während er vor Freude wackelte.

„Er kann nicht sprechen", sagte Trevor völlig ernsthaft. „Er ist ein Hund, kein Wandler wie ich."

„Dann wirst du wohl für ihn sprechen müssen oder?" Luna richtete sich auf, strich dem Jungen das Haar glatt und blickte in meine Richtung. „Ich muss dir von dem Abenteuer erzählen, das Trevor und ich heute Morgen erlebt haben."

„Sie hat meinen Großneffen gerettet", erklärte Fiona, als sie zu uns kam. „Und ich bin ihr ewig dankbar."

„Oh na ja ganz so dramatisch war es nicht", erwiderte Luna. „Er war in das Schottloch hinter dem Toilettengebäude gefallen und ich bin hinuntergeklettert und habe ihn herausgeholt."

„Ich bin nach wie vor dankbar", sagte Fiona steif. Ihr Blick wanderte an Lunas Vorderseite hinunter, aber ihre Augen waren nicht mehr bösartig. Sie schniefte und nahm die Hand des Jungen. „Komm mit Trevor." Ihre Aufmerksamkeit fiel auf uns, als sie sich abwandte. „Ich schwöre. Deine Mutter muss dich an die Leine nehmen, nicht Toof."

Ich zog Luna in meine Arme. „Du bist unglaublich, das weißt du doch."

Sie grinste und drückte mich zurück. „Ich hatte andere Dinge im Kopf, als ich in die Hütte zurückkam, sonst hätte ich es erwähnt." Sie zog meinen Kopf zu sich herunter und küsste mich.

In kürzester Zeit war ich in sie eingehüllt, ohne irgendetwas um mich herum wahrzunehmen. Eigentlich sollten wir zu unserer Hütte gehen und ...

„Aber, aber", sagte George und schlenderte an uns vorbei.

Wir trennten uns kichernd.

„Kinder sind in der Nähe", grinste er. „Hebt euch den *Ausgewählt vom Mond-Kram* für später auf. Soweit ich mich an den Zeitplan erinnere, seid ihr zwei sowieso für den Küchendienst zum Mittag- und Abendessen vorgesehen. Das sollte euch auf Trab halten."

Sie und ich sahen uns an und brachen in Gelächter aus.

„Wir sind dabei Boss", erwiderte ich zu George und nahm ihre Hand.

Wir gingen zu dem großen Gebäude hinüber, indem wir bei Regen Gemeinschaftsversammlungen abhielten. Auf der einen Seite hatten wir eine Küche eingerichtet, in der unsere Mahlzeiten zubereitet wurden. Der Küchenchef wies uns Aufgaben zu, ich backte Kekse und Luna schnippelte Gemüse. Meine lieben Wandler sangen oder summten leise, während sie arbeiteten, und bald schloss ich mich ihnen an und harmonierte mit jeder Melodie, die sie wählten.

Luna grinste mich immer wieder an und es dauerte nicht lange, bis sie mich anbrummte und mit der Hüfte anstieß, wann immer sie vorbeikam.

Ich fand es toll, wie sie sich in die Gruppe einfügte und noch toller fand ich es, sie lächeln zu sehen.

Selbst Fiona schoss nicht mehr mit Dolchen in unsere Richtung. Sicher, sie hielt sich immer noch zurück, aber wenn sie in Lunas Richtung blickte, sah sie nicht aus, als würde sie uns angreifen wollen. Mit der Zeit würde sie vielleicht sogar freundlich werden. Schade, dass dafür während dieser Versammlung keine Zeit war.

Wir arbeiteten den ganzen Nachmittag und frühen Abend in der Küche. Nach der Abendessenszeit übernahm jemand anderes unsere Aufgaben in der Küche und begann mit den riesigen Geschirrstapeln. Wir halfen beim Anzünden des Feuers, das bald knisterte und das Licht auf der Wiese tanzen ließ. Die Sonne war fast untergegangen und bald würde die kühle Dunkelheit die Welt einnehmen.

Ich konnte es kaum erwarten, wieder mit Luna allein zu sein. Könnte ich auf der Rückfahrt in die Stadt mit ihr über eine gemeinsame Wohnung sprechen? Das könnte etwas überstürzt sein, also würde ich sie erst einmal aushorchen. Ich würde mich in der kommenden Woche so oft wie möglich mit ihr treffen und dann sehen, wie es weitergeht.

Wir standen händchenhaltend im Schein der Flammen. Mom und Dad standen in der Nähe, Dad nickte Luna zustimmend zu.

„Wenn ihr euch alle versammeln würdet", verkündete George. „Wir haben noch ein Spiel zu spielen!"

Ein paar Kinder stürmten zu ihm hinauf und drängten sich ihm auf.

„Ihr nicht Kinder", fügte er mit einem Lächeln hinzu. „Dieses Spiel ist nur für Erwachsene."

Ein Chor von enttäuschten Seufzern ertönte, aber eine der Mütter hob ein Horn und blies es, sodass Ruhe einkehrte.

„Wer möchte sein Gesicht bemalt bekommen?", rief sie und die Kinder ließen George fallen wie ein altes Brötchen.

„Hast du Lust auf ein Spiel?", fragte ich Luna.

Sie biss sich auf die Unterlippe, warf einen Blick auf die umliegenden Wälder und nickte.

Ich suchte mit meinen Wolfssinnen, aber ich fand nichts anderes in der Nähe als Waldtiere. Etwa acht Kilometer entfernt schlich ein Bär auf einem Hirschpfad entlang, aber er kam nicht näher. Warum schien er sich bedroht zu fühlen?

„Heute Abend spielen wir Verstecken, aber mit einer anderen Wendung", erklärte George. „Eine freundliche Wendung bitte."

„Ohh", erwiderte Tayla und lehnte sich an Escudeks Seite. Wann immer ich ihnen heute begegnete, hatte er seine Flügel um sie gelegt und sie sahen sich voller Liebe an. Ich freute mich für sie und hoffte, dass jeder Tag ihres Lebens voller Freude sein würde.

„Wir werden unsere Gruppe in zwei Teams aufteilen und die Menschen und unseren Gargoyle-Freund auf beide Teams verteilen, damit es fair zugeht." George hielt einen kleinen Korb hoch. „Wenn ihr mitspielen wollt, sucht euch ein Band aus. Diejenigen, die sich für Blau entscheiden, kommen in Team eins und die Gelben in Team zwei. Bindet euch die Bänder um die Oberarme."

Wir reihten uns hinter den anderen ein und schlängelten langsam auf George zu, während er uns die Regeln erklärte.

„Das blaue Team hat zehn Minuten Zeit, sich zu verstecken, und dann wird das gelbe Team sie suchen. Das gelbe Team hat weitere zehn Minuten Zeit, um so viele Mitglieder des blauen Teams wie möglich zu finden und zu markieren." Er hielt rote Bänder hoch. „Bindet jeder Person eines davon um den Arm, nachdem ihr sie aufgespürt habt und schickt sie dann hierher zurück. Sobald die erste Runde beendet ist, bekommt das gelbe Team die Chance, sich zu verstecken. Wenn beide Teams fertig sind, zählen wir die Markierungen zusammen und das Team mit den meisten Fängen gewinnt."

„Gelb", sagte Luna lächelnd und winkte mir das Band zu.

Ich hielt Blau hoch und ihr Lächeln verblasste.

„Du bist doch nicht verärgert oder?", fragte ich, während ich ihr das gelbe Band um den Arm band. „Ich bin sicher, dass wir mit jemandem tauschen können, wenn du lieber in meinem Team sein willst."

„Ganz und gar nicht." Ihr Lächeln wurde breiter und sie half mir mit meinem blauen Band. „Es wird Spaß machen, dich zu suchen."

Und vielleicht würde ich sie finden und ein paar Küsse stehlen. Der Gedanke erwärmte mich.

George strahlte die große Gruppe an, die sich um ihn herum versammelt hatte. „Fragen?" Nach einer kurzen

Pause hob er die Hand. „Auf drei läuft das blaue Team. Gelbes Team? Macht euch bereit. Drei ... zwei... Und eins!" Sein Arm sank.

Nachdem ich Luna einen knappen Kuss gegeben hatte, verwandelte ich mich in meine Wolfsgestalt und rannte mit meinen Freunden in den Wald, wobei ich vor Aufregung jaulte.

KAPITEL 17

Luna

„Zehn Minuten sind rum", rief George. „Gelbes Team? Geht und sucht die Blauen."

Ich rannte den Waldweg entlang, den Storm genommen hatte, aber nach einer Minute wurde ich langsamer. Die Sonne war untergegangen, und obwohl der Mond aufgegangen war, konnte man in der dichten Vegetation auf beiden Seiten des Weges kaum etwas erkennen. Die Wölfe waren mit ihrem besseren Geruchssinn im Vorteil. Aber mein Gehör war gut und es dauerte nicht lange, bis mich das Knistern von Blättern zu meiner Rechten in diese Richtung schickte.

Ich eilte auf Tayla zu, die ich in Wolfsgestalt erkannte und die immer noch ein blaues Band um den Oberarm trug.

Ein Tippen auf ihre Schulter und sie verwandelte sich in ihre menschliche Gestalt und schmollte.

„Du hast mich so leicht gefunden", grummelte sie mit einem Schmunzeln. „Irgendein Zeichen von Escudek? Er ist im gelben Team."

„Ich habe ihn zuerst über mir fliegen hören, aber jetzt schon länger nicht mehr."

Sie schaute sich um und schnupperte die Luft. „Ich werde auf der zentralen Wiese nachsehen." Ein Blinzeln und schon war sie wieder ein Wolf, sprang auf den Weg und rannte zurück in den zentralen Bereich.

Ich kehrte auf den Pfad zurück und suchte weiter nach Storm - oder nach einem anderen Mitglied des blauen Teams. Ich markierte zwei weitere, einen Wandler und einen Mann, und ich schätzte, dass inzwischen zehn Minuten vergangen waren. Es war an der Zeit, zum Lagerfeuer zurückzukehren und mich zu verstecken, damit Storm mich suchen konnte.

Ich kam schnell voran und dachte darüber nach, mich vielleicht von ihm fangen zu lassen, damit wir während der Jagd verschwinden konnten, als ich um eine Kurve des Weges bog und mit jemandem zusammenstieß. Ich hielt mich an den Armen fest, um mich zu stützen und sah auf.

Vincent.

Mein Bruder grinste und sein Lächeln enthüllte seine fast perfekten Zähne. Der vordere Linke hatte eine kleine Kerbe. Die hatte ich ihm verpasst, als ich zehn Jahre alt und er dreizehn war, als er mich in einen Schrank eingesperrt hatte und mich nicht mehr herauslassen wollte. Ich blieb die ganze Nacht dort und kauerte schluchzend auf dem Boden.

Schließlich tauchte er auf, um die Tür zu öffnen. Ich schleuderte einen Kleiderbügel nach ihm und traf ihn am Mund. Er fing an mich wieder in den Schrank zu schieben, aber ich konnte mich losreißen und rannte weg. In den nächsten Monaten ging ich ihm aus dem Weg. Wenn er mich wieder erwischt hätte, war ich mir nicht sicher, was passiert wäre.

„Hab ich dich", sagte er und hielt sich an meinen Oberarmen fest. „Hast du wirklich geglaubt, du könntest dich vor mir verstecken?"

Ich trat heftig zu und traf ihn am Schienbein. Als er aufbrüllte und nach hinten taumelte, riss ich mich von ihm los. Ich stürmte an ihm vorbei und rannte auf die Lichtung zu. Wenn ich klug wäre, würde ich in die entgegengesetzte Richtung laufen und ihn von meinen Freunden wegführen, aber die Angst machte mich zu einem Streifenhörnchen für seinen Puma. Alles, woran ich denken konnte, war, Storm zu finden und ihn zu bitten, mich für immer zu verstecken.

„Komm zurück", rief Vincent und seine Schritte stapften hinter meinen her. „Du weißt, dass ich dich fangen werde. Du wirst niemals entkommen."

Das werden wir sehen.

Mein Herz schlug mir bis zum Hals, während ich rannte.

Er verfolgte mich, aber meine Lauferei zahlte sich aus und ich war schneller als er. Zumindest wusste ich, dass er mir nicht ins Freie folgen würde. Er war der Typ, der es genoss, jemanden zu schlagen, wenn niemand anderes es sehen konnte.

Ich brach aus dem Wald heraus und rannte auf das Feuer zu. Ich konnte gerade noch anhalten, bevor ich in die heiße Umarmung stürzte.

Vorgebeugt stützte ich meine Handflächen auf meine Knie und rang nach Luft. Meine Lungen keuchten und mein Herz flatterte wie eine Fliege, die sich in einem Spinnennetz verfangen hat.

Storm eilte in Wolfsgestalt herbei und verwandelte sich, als er mich erreichte. Er legte eine Hand auf meine Wirbelsäule. „Geht es dir gut?"

Bitterkeit überzog meine Zunge.

Ich hatte es gewagt, ein Stückchen Glück aus der Luft zu schnappen und es festzuhalten, aber mein Bruder würde es mir entreißen und in Stücke reißen.

Ich richtete mich auf und blickte zurück in Richtung Wald, aber Vincent war nicht da. Und doch war er da. Das Gewicht seines Blicks zog mich zum Mittelpunkt der Erde.

Wenn ich nicht wegrennen würde, würde er mich wieder packen.

Diesmal würde er dafür sorgen, dass ich mich niemals befreien konnte.

KAPITEL 18

Storm

„Ich muss sofort gehen", sagte Luna, die meine Arme so fest umklammerte, dass es wehtat. „Bitte. Ich muss hier weg." Sie warf einen entsetzten Blick in Richtung des Waldes.

„Was ist hier los?", fragte ich. Ich starrte in Richtung Wald, sah aber nichts außer ein paar gelben Teammitgliedern, die auf die Lichtung schritten und lachend nach blauen Teammitgliedern suchten. Eine Suche mit meinen Wolfssinnen ergab, dass noch andere im Wald waren, Wandler und Menschen. Ich konnte das nicht auf einzelne Personen eingrenzen.

„Bitte." Tränen liefen ihr übers Gesicht. „Kannst du mich nach Hause bringen? Ich muss ..." Ein Schauer durchfuhr sie. „Bitte."

„In Ordnung."

Im Handumdrehen fuhr ich mit meinem Jeep den Feldweg entlang, der uns vom Treffpunkt der Meute wegführte und warf unsere hastig gepackten Taschen auf den Rücksitz.

„Erzählst du mir, was passiert ist?", fragte ich. „Ich will

dir helfen Luna. Ich *muss* dir helfen." Die Angst in ihren Augen, als sie in Richtung Wald blickte, brachte mich dazu, das aufzuspüren, was ihr Angst machte, und es für immer zu beseitigen.

„Ich kann nicht. Es tut mir leid." Ihre Stimme klang abgehackt, aber der Blick, den sie mir zuwarf, war voll von Traurigkeit. Sie blickte nach vorne, ihre Lippen zu einer schmalen Linie zusammengepresst. Sie hielt die winzige Wolfsschnitzerei auf ihrem Schoß und streichelte sie immer wieder.

Schließlich erreichte ich die Hauptstraße und beschleunigte das Tempo, während ich in meinen Rückspiegel sah. Niemand schien zu folgen, aber ich ahnte, dass das, was sie in der Stadt vor unserer Abreise geplagt hatte, sie auf dem Rudeltreffen aufgespürt hatte. Es hatte sie zu Boden gedrückt und ließ sie um ihr Leben fürchten.

Ihre Finger verharrten an den Seiten ihres Sitzes und wurden durch ihren festen Griff ganz bleich.

Schließlich fuhr ich vor ihrer Wohnung vor und stellte den Motor ab.

„Ich komme mit rein", erklärte ich. „Wir müssen reden."

Ich wollte mich gerade abschnallen, als sie mich am Arm packte. „Bitte. Das geht nicht. Du musst gehen."

Frustriert drehte ich mich zu ihr um und umfasste ihr Gesicht. Ich war bereit, zum Alphawolf zu werden und sie zu zwingen, mir zu sagen, was los war, damit ich die Sache in den Griff bekommen konnte, aber die Verzweiflung in ihren Augen traf mich wie ein Vorschlaghammer in die Eingeweide. Es nahm mir den Wind aus den Lungen und erstickte meine Wut.

„Sag es mir", grummelte ich. „Bitte."

Sie lehnte sich von mir weg und schaute sich um, drehte sich aber erst wieder zu mir um, als sie die ganze Gegend überblickt hatte. Ich tat dasselbe, sah aber niemanden, der sie beobachtete. Meine Wolfssinne haben auch nichts aufgeschnappt.

„Ich habe nicht viel Zeit", erklärte sie und die Worte entglitten ihr. „Ich dachte, wir hätten ein ganzes Leben, aber das ist uns gestohlen worden."

Mein Herz bebte und ich wollte sie auf meinen Schoß ziehen und sie für immer festhalten. Ich würde niemanden und nichts an sie heranlassen. Ich würde sie mit der Kraft meiner Arme, dem brutalen Griff meiner Wolfszähne und dem Kern der Liebe, der in meinem Herzen für sie brannte, beschützen.

„Komm rein, aber du kannst nicht lange bleiben. Ich kann nicht zulassen, dass er dich mit mir findet."

Er.

„Vor wem hast du Angst?", fragte ich.

Sie legte eine Fingerspitze auf meine Lippen. „Ich werde es dir erklären, aber nicht hier."

Ich schnappte mir ihre Tasche und folgte ihr in die Wohnung. Sie nahm mir ihre Tasche ab und eilte in ihr Schlafzimmer, wo sie sie umdrehte und den Inhalt auskippte. Sie eilte zu ihrer Kommode und begann, Kleidung herauszuholen und alles in den Koffer zu stopfen.

„Wohin gehst du?", fragte ich.

„Ich muss verschwinden. Verstehst du nicht?"

„Ich sehe, dass du Angst hast. Ich möchte dir helfen Luna, aber das kann ich nur, wenn du mir sagst, was los ist."

„Ich muss weg!"

„Jetzt?"

„So schnell ich kann." Ihre Schultern krümmten sich nach vorne und Tränen liefen ihr über die Wangen.

„Bitte lass mich helfen. Sag mir, was ich tun kann."

„Da kann man nichts machen", brüllte sie.

Ich hob mein Kinn. „Dann gehe ich mit dir dorthin, wo du hinmusst. Wir werden zusammen verschwinden."

„Storm." Ihre Stimme brach. „Du kannst nicht mit mir kommen. Es tut mir leid."

„Ich verstehe." Ich sagte die Worte automatisch, aber ich verstand sie nicht.

Sie ging an mir vorbei und schaute lange aus dem Fenster. „Ich erkläre es dir, aber ich muss mich beeilen."

Sie ließ sich auf ihr Bett sinken und ich setzte mich zu ihr und nahm ihre Hand. Meine Gedanken rasten und fanden nur einen Grund, warum sie mich wegstieß.

„Du willst mich nicht", seufzte ich.

„Das ist es nicht." Sie hielt mein Gesicht und starrte mir in die Augen. „Ich will dich mehr als alles andere. Es ist nur", ihre Lunge stockte, „dass ich nicht mit dir zusammen sein kann."

Ich zog sie auf meinen Schoß und wärmte sie mit meiner Umarmung. „Warum?" Ich hasste es, dass ich verzweifelt klang. Verletzt. Ich schob meine Gefühle beiseite und konzentrierte mich auf sie.

„Ich . . ." Sie starrte lange auf meinen Hals, bevor sie mit so viel Trauer in ihrem Blick aufblickte, dass mein Herz erschauderte. „Ich stamme aus einer sehr wohlhabenden Familie. Einer mächtigen Familie. Man könnte sie auf ihre Art sogar ein bisschen wie die Mafia nennen."

„Eine gefährliche Familie", erwiderte ich, als ich sah,

worauf sie hinauswollte. „Und sie bedrohen dich." Ein Knurren entrang sich meiner Kehle und wenn sie hier wären, würde ich sie umbringen, bis niemand mehr übrig wäre.

„Mein Name ist nicht Luna", sagte sie.

Ein Schock durchfuhr mich. „Wie ist dein richtiger Name?"

Sie zuckte mit den Schultern. „Ich bin Luna. *Deine* Luna. Sie ist die einzige Person, die ich sein möchte."

Der Mond hat sie für mich ausgewählt. Darauf würde ich mehr als alles andere vertrauen. „Dann bist du Luna." So einfach war das.

„Meine Familie hat mich mein ganzes Leben lang kontrolliert. Sie sagten mir, was ich in der Schule lernen sollte und sie diktierten mir, wie ich meine Tage zu verbringen habe. Ich konnte nur ich selbst sein, wenn ich bei meiner Mutter war." Ein trauriges Lächeln füllte ihr Gesicht. „Wir schlichen uns davon und waren einfach wir selbst. Wir lachten, lasen, was wir wollten, und träumten von einem Tag, an dem wir frei sein würden."

„Wo ist sie?", fragte ich, aber innerlich wusste ich es schon.

„Sie ist tot. Es passierte überraschend. Sie war nicht einmal krank und manchmal frage ich mich ..." Sie kniff die Augen zusammen und öffnete sie wieder. „Ich kann nicht glauben, dass sie so weit gehen würden, aber sieh dir an, was sie jetzt mit mir machen. Sie jagen mich. Verfolgen mich. Sie lassen mich nicht in Ruhe!"

„Ich bin bei dir", sagte ich. „Ich werde dich beschützen."

Sie schüttelte den Kopf. „Mama hat mir Geld hinterlassen, einen großen Batzen Bargeld, der in der Stoffpuppe steckte, mit der ich immer gespielt habe. Ansonsten gehört alles, was die Familie besitzt, den Männern, insbesondere meinem älteren Bruder Vincent, der alles und jeden kontrolliert."

„Du bist entkommen."

Sie nickte. „So viele Male."

„Und jetzt wohnst du in Monsterville. Du bist Hundefriseurin. Du betreibst eine Tierpension."

„Ich bin stolz auf mich. Ich habe mir das Leben geschaffen, das ich mir immer gewünscht habe, das Leben, von dem ich und meine Mutter geträumt hatten. Sie liebte Tiere genauso sehr wie ich." Ein Knurren stieg in ihrer Kehle auf. „Wenn Vincent mich doch nur in Ruhe lassen würde. Aber nein, er muss mich kontrollieren, wie alles andere auch. Bevor ich das letzte Mal geflohen bin, hat er angekündigt, ich würde jemanden heiraten, um ein Bündnis zwischen unserer und ihrer Familie zu schließen." Ihr flehender Blick traf meinen. „Bitte verstehe. Ich wollte meiner Familie helfen, aber ich konnte das nicht tun. Ich hatte von dem Mann gehört. Er ist grausam und missbräuchlich. Es gibt Gerüchte ..."

„Luna", sagte ich und schlang meine Arme fest um sie. Ich wollte sie vor allem beschützen, aber ich hatte es mit etwas zu tun, von dem ich noch nie etwas gehört hatte.

„Ich nahm das Geld, das Mom für mich versteckt hatte und bin weggelaufen." Ihr Blick löste sich von meinem. „Ich hatte gerade ein neues Leben begonnen, als er mich erwischte. Er brachte mich zurück und verschob den Hochzeitstermin. Beim zweiten Mal kletterte ich aus meinem Schlafzimmerfenster - er hatte mich eingesperrt. Ich kletterte über das Dach und ein Fallrohr hinunter, drei Stockwerke tief."

„Luna", seufzte ich, weil ich wusste, wie beängstigend das gewesen sein musste. „Ich wünschte, ich hätte da sein können, um dir zu helfen."

„Ich auch." Ihr süßes Lächeln verblasste schnell. „Dieses Mal bin ich weiter gereist. Soweit ich weiß, habe ich keine Spur hinterlassen, der er folgen könnte. Aber sein Gefolgsmann hat mich aufgespürt. Ich bin ein drittes Mal entkommen und habe es schließlich nach Monsterville geschafft. Das war die längste Zeit, die ich frei war. Aber Vincent hat mich gefunden. Er hätte mich fast im Wald in der Nähe der Rudel erwischt." Sie ließ einen leisen Seufzer los. „Ich liebe es hier. Ich habe ein Zuhause gefunden und mein Beruf macht mich glücklich. Hunde sind mein Ding, weißt du? Wenn ich mit ihnen zusammen bin, fühle ich mich fast vollkommen." Sie streichelte mein Gesicht. „Ich bin nur vollkommen, wenn ich mit dir zusammen bin Storm."

„Dann bleib. Lauf nicht mehr weg."

„Ich kann nicht. Du weißt nicht, wozu Vincent in der Lage ist. Ich bin mir nicht einmal sicher, ob ich das ganz verstehe. Mein Vater ... Ich glaube, Vincent hat ihn getötet. Ich glaube, er hat unsere Mutter ermordet. Und als Nächstes bringt er mich um, wenn er mich nicht zwingen kann, diesen Kerl zu heiraten. Wenn du versuchst, dich zwischen uns zu stellen, wird er dir wehtun."

„Bleib", wiederholte ich. „Der Mond hat gewählt. Du gehörst mir und ich gehöre dir."

„Wenn das nur wahr wäre."

„Das kann es."

„Ich werde dich nicht in Gefahr bringen. Ich kann weder dich noch die Rudel gefährden. Verstehst du nicht? Er wird ihnen wehtun. Er wird nie aufgeben, bis er mich in seinen Fängen hat und er wird nicht allein kommen. Er hat sein eigenes Pendant zu den Rudeln und es gibt viele, die darauf erpicht sind seinen Willen zu erfüllen. Mit ihrer Hilfe wird er mich zurückholen. Dieses Mal wird er nicht auf eine Hochzeit warten. Er wird den Priester anrufen und die Zeremonie sofort durchführen lassen. Ich werde für immer gefangen sein."

Niemals. „Das wird nicht passieren, Luna. Ich werde es nicht zulassen."

„Ich wünschte es gäbe einen Weg."

„Den gibt es." Entschlossenheit erfüllte mich und es dauerte nicht lange, bis ich den Anfang eines Plans hatte. „Weißt du, was wir tun werden?"

Sie schüttelte den Kopf. „Es gibt nichts, was wir tun können."

„Aber sicher doch", erwiderte ich. „Wir werden sie bekämpfen."

KAPITEL 19

Luna

Ich erzählte ihm die Wahrheit und er zog sich nicht zurück. Aber ich habe mich geirrt, als ich dachte, dass ich dem Schicksal das Glück stehlen könnte, dass ich ein bisschen Sonnenschein in meinem Leben verdient hätte.

„Ich würde gerne bleiben und kämpfen", sagte ich. „Ich habe so viel, wofür es sich zu leben lohnt. Für dich. Für mich. Eine Welt in der wir uns lieben können. Es ist zu gefährlich, es zu versuchen. Ich muss fliehen, bevor sie mich finden." Ich versuchte mich von Storm zu lösen, aber er hielt mich fest und schüttelte den Kopf.

„Es ist an der Zeit, sich zu wehren."

„Er wird dich umbringen!" Meine Stimme klang rau und knirschend, aber ich würde verschrumpeln und sterben, wenn mein Bruder und seine Handlanger ihm etwas antun würden.

„So leicht lasse ich mich nicht umbringen", erwiderte er. „Du hast ein Recht darauf, dein eigenes Leben zu leben. Niemand kann dich zwingen etwas zu tun, was du nicht tun willst."

„Er wird dich angreifen. Die Rudel, wenn sie in meiner Nähe sind. Deshalb musste ich weg." Ich schnippte mit der Hand in Richtung der Berge, wo die Rudel wahrscheinlich immer noch ihr schönes Wochenende genossen. „Er wird durch deine Freunde pflügen wie eine Planierraupe durch dürre Bäume und jeden Einzelnen von ihnen zerbrechen und zerquetschen."

„Wir sind stärker als Bäume."

„Das ist nicht der Punkt. Er hat eine große Reichweite. Er ist mächtig. Er ist grausam." Meine Brust entleerte sich. „Viel zu grausam. Er braucht dieses Bündnis und er wird nicht aufhören, bis er mich wieder in seinen Fängen hat, bereit, mich wie einen Preis zu übergeben, der ihm gehört, bis er meine Herrschaft an einen anderen weitergibt."

Ich hatte schon zu lange gebraucht, um wegzurennen. Ich sollte jetzt am Busbahnhof sein und eine Fahrkarte unter falschem Namen kaufen. Ich würde den Bus verlassen, bevor er sein endgültiges Ziel erreichen würde, und eine Weile trampen oder laufen, dann einen anderen Bus nehmen und den Vorgang erneut wiederholen. Ich würde im Zickzack durch das Land fahren, bis ich sicher war, dass mir niemand folgen konnte.

„Es muss nicht so sein", erklärte er. „Bleib. Wir werden dich beschützen."

Ich hatte keine Zeit, mit ihm zu streiten. Mein Bruder würde warten, bis Storm geht und dann zuschlagen. Wenn Storm noch länger bliebe, würde Vincent angreifen und nichts würde ihn davon abhalten, mich zurück in die Stadt zu schleppen, aus der ich kam.

„Ich weiß, was du denkst." Panik hob meine Stimme. „Aber was wird dich vor ihm schützen? Er wird nicht allein kommen. Er wird viele mitbringen, die so sind wie er. Ich habe gesehen, wie er es macht. Er legt alles in Schutt und Asche bis nur noch schwelende Trümmer übrig sind. Er wird nicht nachgeben. Niemals. Ich bin das Opfer, das er braucht, um seine eigenen Ziele zu erreichen."

Storm ließ mich von seinem Schoß runter, aber er hielt meine Hand fest. Ich klammerte mich immer noch an ihn, als wäre er meine Rettungsleine. Ich sollte ihn wegstoßen, fertig packen und fliehen.

Stattdessen schlang ich meine Arme um ihn und bemühte mich, nicht zu schluchzen.

„Es muss nicht so sein", sagte er. „Ich verspreche dir. Es gibt einen Weg da durch, einen Weg für dich frei zu sein und deine eigenen Entscheidungen im Leben zu treffen." Er hob mein Kinn. „Aber in diesem Fall werde ich dir keine Vorschriften machen. Ich kann dich nicht zwingen zu tun, was ich will, denn dann wäre ich genau wie dein Bruder. Stattdessen bitte ich dich, mir zu vertrauen. Deine Zukunft - *unsere* Zukunft - in meine Hände zu legen. Wir werden Seite an Seite stehen und ihn besiegen. Er wird dich nicht entführen und wir werden dafür sorgen, dass er dich nie wieder zu etwas zwingen kann, was du nicht tun willst."

Ich wollte ihm vertrauen. Es wäre so einfach, mein Leben in Storms Hände zu legen, anstatt in Vincents. Aber er hatte recht. Es musste meine Entscheidung sein.

Storm hat mich befreit, während mein Bruder mir nur Ketten anlegte, und dadurch habe ich mich nur noch mehr in Storm verliebt.

Wie lange konnte ich noch weglaufen? Jedes Mal verbrauchte ich mehr von dem Geld, das mir meine Mutter hinterlassen hatte. Ich arbeitete, wenn ich konnte, aber ich hasste es, jeden Neuanfang aufzugeben.

Vielleicht hatte Storm recht. Es war an der Zeit, mich zur Wehr zu setzen und meinem Bruder zu zeigen, dass er nicht länger über mich und mein Schicksal bestimmt.

Es war an der Zeit, nicht nur Storm zu vertrauen, sondern auch dem Mond, der mich für ihn und ihn für mich ausgewählt hatte. Wir waren füreinander bestimmt und selbst Vincent konnte das Band, das wir geknüpft hatten nicht durchtrennen.

Ich kniff die Augen zusammen, als ob ich die Welt ausschließen könnte. Als ob ich mich verschließen und verstecken könnte.

Aber das war keine Entscheidung.

Ich öffnete die Augen und zum ersten Mal, seit meine Mutter noch lebte, hatte ich das Gefühl, dass ich vollständig war.

„Ich möchte mit dir ein Risiko eingehen Storm", sagte ich. „Ich möchte auf uns vertrauen."

„Luna." Er hielt mich fest, das Pochen seines Herzens hallte in mir wider. Als er sich zurückzog, fuhr er mit den Fingern meine Arme hinunter und verschränkte unsere Hände. „Ich werde die Rudel anrufen. Ich rufe meine Freunde. Du wirst ihnen nicht allein gegenübertreten oder nur mit mir an deiner Seite." Ein animalischer Schimmer glänzte in seinen Augen. „Wir werden uns ihnen *alle* stellen. Wir werden ihnen zeigen, dass es an der Zeit ist, dich freizulassen. Wir werden ihnen sagen, dass du dein Leben so leben wirst, wie du es willst."

KAPITEL 20

Storm

Ich machte ein paar Anrufe und alle versprachen, die Nachricht weiterzugeben. Sie sagten alle, sie würden helfen.

„Wir werden das nicht hier regeln", sagte ich zu Luna und brachte sie zurück zu meinem Fahrzeug. Bei einer kurzen Suche in der Umgebung war niemand zu sehen, aber ich spürte, dass er sie aus der Ferne beobachtete und darauf wartete, dass sie handelte.

Vincent. Ihr Feind und meiner.

„Wohin fahren wir?", fragte Luna und starrte mich an, als ich meinen Jeep aus der Stadt fuhr, als ob die Fledermäuse der Hölle hinter uns her wären. Vielleicht waren sie das auch. Ich hatte gehört, dass ein Dämon in die Stadt gezogen war. Vielleicht hatte er Gefolgsleute mitgebracht.

„Ich bringe dich in Sicherheit und morgen früh ..." Wir würden das zu Ende bringen.

Ich biss die Zähne zusammen und schaute nur in die Spiegel, um zu sehen, ob wir verfolgt wurden. Ich hatte das Gefühl, dass wir verfolgt wurden, obwohl ich keine verdächtigen Fahrzeuge sah. Luna hatte mir erzählt, dass ihr

Bruder und seine Handlanger schwarze Limousinen mit dunklen Fenstern fuhren, also studierte ich jedes Auto oder jeden Lastwagen, an dem wir vorbeifuhren.

Schließlich lenkte ich meinen Jeep auf eine Forststraße. Ich fuhr über eine Anhöhe und wieder hinunter, dann stellte ich das Fahrzeug ab.

„Ich bin gleich wieder da", sagte ich, stieg aus und eilte zum Tor, das an der Straße installiert war. Als es verschlossen war, hockte ich wie ein Wolf im Gebüsch und beobachtete und lauschte. Eine schwarze Limousine fuhr vorbei, gefolgt von einer weiteren. Ich wartete zehn Minuten, und als sie nicht zurückkamen, ging ich zu meinem Jeep zurück, startete ihn und fuhr langsam die zerfurchte Straße entlang.

Die Passage verwandelte sich in nichts und ich schaltete den Allradantrieb ein, der uns tiefer in den Wald brachte. Schließlich kamen wir zu dem Stück Land, das ich von meiner Urgroßmutter geerbt hatte. Ich parkte unter einer Reihe von Immergrünen, stieg aus und benutzte Zweige, um mein Fahrzeug zu tarnen. Ich bezweifelte, dass Vincent uns hier finden würde, aber ich würde die ganze Nacht lang die Augen offenhalten.

Luna stand neben dem Fahrzeug, die Arme um ihre Taille geschlungen und zitterte.

Ich zog sie in meine Arme und hielt sie fest, murmelte beruhigende Worte, die nichts und doch alles bedeuteten.

„Wir bleiben heute Nacht hier", sagte ich leise.

„Im Fahrzeug?"

„Was hältst du von Zelten?"

Sie schenkte mir ein zittriges Lächeln. „Mir gefällt die Idee, wenn du mit mir drinnen bist."

„Ich zeige es dir." Ich nahm ihre Hand und führte sie einen schmalen Pfad entlang, der an einem Holzschuppen endete, den mein Urgroßvater vor langer Zeit gebaut hatte. Drinnen zerrte ich das Zwei-Personen-Zelt heraus und stellte es unter einem breiten, immergrünen Ast auf. Ich blies die Matratze auf und holte die Decken, zwei kleinen Kissen und versiegelte Proteinriegel. Eine Plastikflasche mit Wasser würde uns durch die Nacht bringen.

„Ich komme etwa alle drei Monate hierher", erklärte ich, während ich drinnen unser einfaches Bett aufbaute. „Ich fülle die Vorräte wieder auf, wenn die Mäuse sie gefunden haben, und wechsle das Wasser."

„Werden wir heute Nacht hier sicher sein?" Das Beben in ihrer Stimme war wie ein Minotaurus, der mit dem Huf auf mein Herz stampfte.

„Dafür werde ich sorgen", erwiderte ich. „Bringen wir dich rein."

Sie klammerte sich an mich. „Du wirst bei mir sein."

„Nachdem ich das Gebiet als Wolf erkundet habe."

Sie biss sich auf die Lippe und nickte. Sie ließ sich auf Hände und Knie fallen und kroch ins Zelt. „Ich komme schon klar. Sieh dich um und komm zurück zu mir."

„Immer Luna. Ich verspreche es."

In Wolfsgestalt zog ich vorsichtige, immer größere Kreise, bis ich etwa zehn Kilometer um unser Zelt herum zurückgelegt hatte und ich war froh, dass ich keine Hinweise auf Vincent und wen auch immer er bei sich haben mochte, fand. Nachdem ich etwa zwanzig Minuten am Anfang des Waldes gewartet und immer noch niemanden gesehen oder gerochen hatte, nahm ich den langen Weg zurück zum Zelt.

Als ich hineinkroch, setzte sie sich auf und streckte ihre Arme aus.

Ich zog mich schnell aus und kuschelte mich zu ihr unter die Decke, wo ich sie zärtlich liebte. Danach hielt ich sie im Arm, während sie schlief.

Ich würde nicht schlafen. Das Einzige, was zählte, war, auf der Hut zu sein.

Im Morgengrauen bauten wir den kleinen Campingplatz ab, spülten die Proteinriegel mit Wasser herunter und kehrten zu meinem Jeep zurück.

Ich fuhr langsam zurück in die Stadt und kurvte mehrere Straßen von Monsterville auf und ab, bis ich sicher war, dass wir gesehen worden waren.

Mit zusammengebissenen Zähnen und einem starken Gefühl der Rache, das durch meine Adern schoss, fuhr ich aus der Stadt.

„Du lockst sie an", sagte sie und blickte nach hinten. „Er bleibt ein paar Autos zurück, aber er folgt. Ich sehe fünf Fahrzeuge. Wie um alles in der Welt kann er glauben, dass wir ihn nicht gesehen haben?"

„Er ist zu selbstbewusst. Ich bin sicher, er glaubt, dass wir nichts tun können."

„Ist das so?"

Ich nahm ihre Hand. „Vertrau uns."

Sie spannte sich an und nickte. „Ich vertraue auf uns. Es wird alles gut werden. Wohin fahren wir?"

„Zurück in den zentralen Rudelbereich", sagte ich.

Ihre Hände klammerten sich an ihrem Sitz fest. „Wir können deine Freunde und Familie nicht gefährden."

„Das werden wir nicht. Sie machen sich bereit. Ich verspreche, dass nur diejenigen, die uns unterstützen wollen, dabei sein werden."

Sie lehnte sich in ihrem Sitz zurück, doch ihre Haltung blieb angespannt. „Meinem Bruder werden gleich die Augen geöffnet, wenn er sich mit einer Horde Wolfswandlern anlegt."

Ich zeigte ihr meine Reißzähne. „Wir haben einen fiesen Biss."

Ihr leises Lachen ertönte und ich war froh, als ich sah, wie sich ihre Körperhaltung lockerte.

Wir erreichten den zentralen Rudelbereich und parkten etwas abseits. Ich stellte erfreut fest, dass viele Fahrzeuge bereits angekommen waren.

Ein Blick zurück auf die Straße machte deutlich, dass die dunklen Limousinen etwa einen Kilometer entfernt einen Hügel hochgefahren sind. Sie parkten, stiegen aus und verschwanden in den Wäldern.

Wir hatten nicht viel Zeit.

Als wir den Pfad hinauf joggten, trafen wir auf Gunner, Rylee, Max und Chastity. Gunner, ein riesiger Ork-Schmied, der vor Kurzem mit seiner Frau Rylee in die Stadt gezogen war, hatte einen riesigen Hammer dabei.

„Sollen sie doch versuchen, deiner Gefährtin etwas anzutun", knurrte er und schwang seinen Hammer.

„Das klingt vielleicht albern", schmunzelte Rylee von seiner Seite aus und hob einen prall gefüllten Küchenmüllsack hoch. „Aber ich habe Cupcakes mitgebracht."

Luna entschlüpfte ein schwindelerregendes Lachen, das sie jedoch mit einer Hand über dem Mund unterbrach.

„Ich weiß nicht wahr?", erwiderte Rylee kichernd. „In letzter Zeit verfüttere ich meine Essensreste an die Vögel. Ich werfe sie in den Gefrierschrank und bringe sie am Sonntag in den Park. Sie sind jetzt prall wie Eishockey-Pucks, also sollten dein Bruder und seine Freunde besser aufpassen."

Luna gab Rylee eine kurze Umarmung. „Danke."

Rylee grinste. „Ich habe auch ein paar Frische mitgebracht, die wir für die Feier brauchen, wenn alles vorbei ist."

„Ihre Cupcakes sind zum Sterben gut", schwärmte Chastity. Sie tätschelte die Babytrage, die sie sich auf die Brust geschnallt hatte und erinnerte mich daran, dass sie kürzlich ihre und Max' Tochter Sydnee zur Welt gebracht hatte.

„Du meine Gefährtin", sagte Max schroff und legte seinen Arm schützend um den Rücken seiner Frau. Seine orkangrüne Haut schimmerte in der Morgensonne, „wirst weit hinter der Frontlinie bleiben. Versprich mir das." In seiner anderen Hand hielt er ein zwei Meter langes Kantholz.

Chastity warf mir und Luna traurige Blicke zu. „Ich möchte an eurer Seite kämpfen, aber ich kann das Baby nicht gefährden. Ich werde aber später zum Feiern da sein."

Und wir *würden* feiern. Ich war zuversichtlich, dass es so enden würde, wie es sollte.

„Das ist Raze", erklärte Max und winkte einem Oger im Geschäftsanzug zu, der an der Seite vorbeimarschierte. „Er betreibt ein Hochzeitsplanungsbüro in der Stadt. Meine

Firma hat sein neues Bürogebäude gebaut und wir sind Freunde."

Raze nickte mir knapp zu und hob einen langen Brieföffner mit Minischwert und einer Dreilochzange hoch. „Solider Stahl", knurrte er. Ich begrüßte seine Muskelkraft, aber ich war mir nicht sicher, ob Büromaterialien als Waffen geeignet waren.

„Danke", erwiderte ich. „Vielleicht könntest du Chastity beschützen?" Das würde den Geschäftsmann aus dem Weg räumen, damit er nicht verletzt wird.

Sein Blick verengte sich und seine Augen wurden feuerrot. „Lass dich von dem Anzug nicht täuschen. In meinen Adern brüllt der Kampf."

Bevor sie vor hundert Jahren einen Vertrag schlossen, hatten die Oger über Generationen hinweg Krieg mit den Orks geführt. Wurden Oger noch für den Kampf ausgebildet? So muss es wohl sein. So groß und bullig wie Gunner sieht er vielleicht vornehm und kultiviert aus, aber sein Rückgrat muss so stählern sein wie seine Dreilochzange.

„Und das ist Vrok", sagte Max und winkte einem Ork zu, der auf der anderen Seite von Raze schritt. Max stellte ihn kurz vor.

Vrok nickte. „Ich bin froh, dass ich hier helfen kann." Sein Griff um einen riesigen Hammer wurde fester. Wie jeder andere Ork, den ich getroffen hatte, hatte er dunkelgrüne Haut und schwarzes Haar, aber seine Augen waren golden, etwas, das ich noch nie gesehen hatte.

„Danke." Ich war meinen Freunden dankbar und ich schuldete ihnen ein üppiges Festmahl in meinem Restaurant, wenn die Sache vorbei war.

„Vergiss mich nicht", rief eine schrullige Stimme hinter uns.

„Granny Vi", sagte Rylee und ihre Stimme klang bestürzt. „Du hast versprochen, dass du im Haus bleibst." Sie schaute mich an. „Meine Großmutter ist zu Besuch in Monsterville. Sie hat mir versichert, dass sie sich nicht einmischen wird."

„Soll ich etwa den ganzen Spaß verpassen?" Granny Vi humpelte, um uns einzuholen. Sie hob ihren Stock. „Lass mich das machen. Ich werde ihnen den einen oder anderen Trick beibringen."

„Bleib bitte bei Chastity Granny", murmelte Gunner. „Sie werden sich im Keller unter dem Badgebäude verstecken. Wir könnten es nicht ertragen, wenn ihr oder dem Baby etwas zustoßen würde."

„Ein Baby sagst du?", erwiderte Granny Vi und schielte in Chastitys Richtung. „Warum in aller Welt sollte man einen Säugling zu einer Schlacht führen?"

Warum sollte eine Frau, die mindestens achtzig Jahre alt aussah, selbst in eine Schlacht ziehen?

„Ich sorge dafür, dass sie in Sicherheit ist", flüsterte Rylee mir zu und eilte neben uns her.

„Das habe ich gehört", grummelte Granny Vi. „Und ich werde es nicht zulassen. Wenn Luna und Storm Hilfe brauchen, dann werde ich unterstützen."

„Wirklich", sagte Rylee mit leiser Stimme. „Das werde ich."

„Granny Vi", mischte sich Chastity ein. „Würdest du bitte bei mir bleiben? Ich glaube nicht, dass ich meine Tochter allein beschützen kann."

„Natürlich kann ich an beiden Fronten helfen", erwiderte Granny Vi. „Ich möchte nicht, dass die bösen Jungs deiner schönen Tochter auch nur ein Haar krümmen."

Wir verließen den Pfad und gingen hinaus auf die offene Lichtung, die ohne das Lagerfeuer und die tanzenden Menschen kahl und einsam aussah.

Mir ging das Herz auf, als ich sah, dass so viele meiner Freunde hier waren, um uns zu helfen.

Gunner und Max brachten Chastity und Granny Vi zur Rückseite des Badgebäudes, um ihnen zu helfen, durch das Schottloch in den Keller hinabzusteigen, und kehrten schnell zurück.

Drei Gargoyles landeten in der Nähe von George, der alle am Rande der Wiese zusammenführte. Wir würden eine einheitliche Front bilden.

Goreg hielt seine Frau Violet fest. Als er sie auf den Boden absetzte, rannten die Hunde, die Luna gesittet hatte, los.

Stella, der Yorkie und Fred, der Malteser rannten über die Lichtung und sprangen in Lunas ausgestreckte Arme.

Violet eilte zu uns herüber und schnappte sich ihre Leinen. „Entschuldigung. Ich dachte, ich hätte sie fest im Griff. Sie scheinen das Fliegen nicht besonders zu mögen, was ich nicht verstehen kann." Sie schenkte Goreg ein Grinsen. „Ich fliege mit meinem Mann so oft ich kann."

„Nun, das war ein Vergnügen", schmunzelte Violets Onkel Bub, als Murtik, der Gargoyle-Bruder von Goreg und Escudek ihn vorsichtig auf den Boden setzte. Wie Granny Vi benutzte auch er einen Stock. „Ich kann nicht behaupten, dass ich jemals mit etwas anderem als einem Flugzeug geflogen bin."

„Ich bringe ihn zu den anderen", sagte Gunner, hob

Onkel Bub in seine Arme und rannte zum Schottloch. Wenig später kam er zurück, wischte sich die Handflächen ab und trat stirnrunzelnd zu uns herüber.

„Probleme?", fragte Violet. „Ich könnte mit Onkel Bub reden, wenn er nicht kooperiert. Er weigerte sich, zu Hause zu bleiben und versprach, sich von dem Kampf fernzuhalten."

„Er war ziemlich fasziniert von Granny Vi", erwiderte Gunner und blinzelte langsam. „Er sagte etwas davon, sich offiziell vorzustellen und sie um ein Date zu bitten."

Violet schnaubte. „Typisch Onkel, während einer solchen Veranstaltung ein Date klarzumachen."

„Waffen", sagte George grimmig und ging durch die Menge, um dicke Stöcke, Werkzeuge und sogar eine Axt zu verteilen. „Wir Wölfe werden natürlich mit unseren Klauen und Zähnen kämpfen."

Tayla schritt mit ihrem neuen Gefährten Escudek heran, der einen Zaunpfahl schwang.

„Wir sind hier, um euch zu helfen, Luna und Storm", erklärte er und verbeugte sich förmlich in unsere Richtung.

Tayla umarmte Luna. „Du bist jetzt wie eine Schwester für mich. Es gibt keinen Ort, an dem ich in solchen Momenten lieber wäre als bei dir."

„Sind wir bereit?", brüllte George. „Ich rieche sie kommen."

Sie waren etwa fünfhundert Meter entfernt und bewegten sich vorsichtig durch den Wald, als ob sie dachten, die Wölfe würden sie nicht hören.

Fiona rannte in Wolfsgestalt aus dem Wald und verwandelte sich kurz bevor sie uns erreichte. „Ich bin dabei", hechelte sie. Ihr Blick schweifte von Luna zu mir. „Du bist für mich wie ein Sohn seit du geboren wurdest Storm. Ich werde dir helfen, deine vom Mond auserwählte Gefährtin zu verteidigen."

„Fiona." Lunas Augen glitzerten vor Tränen. „Ich danke dir."

Fiona nickte ihr knapp zu. „Das ist das Mindeste, was ich tun kann nachdem du meinem Großneffen geholfen hast."

Weitere Wolfswandler schlichen von den Pfaden und es sah so aus, als ob die Hälfte der Rudel hier war. Mein Herz schwoll noch mehr an und ich drückte Lunas Hand, als Hoffnung in meiner Brust aufstieg.

„Du dachtest, du müsstest dich ihm allein stellen Liebes", sagte ich und zog sie in meine Arme. „Aber du hast uns alle an deiner Seite, nicht nur jetzt, sondern immer."

„Ich weiß nicht, was ich sagen soll." Tränen liefen ihr über die Wangen und ich wischte sie vorsichtig weg.

„Nimm die Hände von meiner Schwester", knurrte jemand aus dem Wald. Vincent natürlich. Ich hatte den Geruch seiner Verderbtheit gerochen, lange bevor er sprach.

Lunas Atem stockte. „Das ist mein Bruder." Sie hob einen zittrigen Finger in Richtung eines muskulösen Mannes, der aus dem Wald schritt und von fünfzehn anderen Männern flankiert wurde. Sie waren alle in Schwarz gekleidet. Das Sonnenlicht glitzerte auf ihren Waffen und verriet mir, dass sie zum Kampf bereit waren.

Keine Drohungen mehr gegen meine Gefährtin.

Knurrend drehte ich mich um und fletschte die Zähne vor Vincent.

KAPITEL 21

Luna

„Hi-Ya!", schrie Granny Vi und eilte hinter dem Badgebäude hervor. Als Vincents Männer vorrückten, holte sie mit ihrem Stock aus und verpasste einem Handlanger eine Ohrfeige. Der Kerl zuckte kaum zurück, obwohl er fluchte und auf sie zustürmte.

Sie jaulte auf und huschte zurück zum Gebäude.

Onkel Bub humpelte aus dem Schatten und stellte sich zwischen die beiden, wobei er die Spitze seines Stocks gegen die Kehle des Handlangers drückte. „Halt dich zurück du Arschgesicht."

Was die Drohungen anging, war es nicht viel, aber Stella und Fred, die den Handlanger an den Knöcheln packten, verliehen den Worten von Onkel Bub Gewicht.

Vrok sprang zwischen sie und schwang seinen Hammer so schnell durch die Luft, dass es pfiff. Die Jungs hielten inne, ihre Augen weiteten sich. Dachten sie, wir würden uns und unsere Freunde nicht verteidigen?

„Lass die alten Leute in Ruhe", sagte Vincent trocken, sein Blick war nur auf mich gerichtet und in seinen Worten schwang eine unausgesprochene Drohung mit. Wenn ich nicht friedlich gehen würde, würde er meine Freunde verletzen.

Die Gefolgsleute meines Bruders scharten sich hinter Vincent. Granny Vi ergriff Onkel Bubs Arm und sie kehrten in den Keller zurück. Ich hoffte, dass sie dortbleiben würden, aber Violet folgte, um sicherzugehen und zog Fred und Stella mit sich.

Vincent musterte die mit mir Versammelten, eine Mischung aus knurrenden Wölfen und Monstern. „Ich bin wegen Luna hier. Ich habe keinen Krieg mit euch Leuten." Sein düsterer Blick fiel auf mich. „Komm mit mir nach Hause Schwester. Dein Verlobter wartet auf dich."

Ich hob mein Kinn. In der Vergangenheit schrumpfte ich jedes Mal zusammen, wenn er mit mir sprach. Ich rannte weg und versteckte mich, wenn er gedroht hat.

Es war vorbei. Ich würde nicht länger zulassen, dass er mich beherrscht.

„Wenn du friedlich mitkommst Schwester ", erklärte er. „Gibt es keinen Grund, jemandem etwas anzutun."

Einer seiner Gefolgsleute kicherte. Er hob ein Rohr und ließ es mit einem dumpfen Knall auf seine Handfläche fallen.

Die anderen hatten Messer, Baseballschläger und sogar ein paar zerbrochene Flaschen dabei. Mein Bruder hatte nur Waffen dabei, wenn er töten wollte. Er muss geglaubt haben, dass ich mit ihm gehen würde, sodass es nicht zu einem richtigen Kampf kommen würde.

Er sollte eines Besseren belehrt werden.

Meine Entschlossenheit, mich gegen meinen Bruder zu

wehren, wurde jedoch immer schwächer. Ich konnte nicht zulassen, dass er meinen Freunden etwas antut.

Tränen flossen aus meinen Augen. Ich wollte nicht mit ihm gehen, aber zuzusehen, wie diese wunderbaren Menschen verletzt werden, würde mich mehr verletzen als gezwungen zu sein, jemanden zu heiraten, der mir schaden könnte.

„Es tut mir leid", flüsterte ich Storm zu, als ich einen Schritt auf meinen Bruder zuging.

Ein freches Grinsen zeichnete sich auf Vincents Gesicht ab. „Ja so ist es richtig. Komm zu mir Schwester. Ehe du dich versiehst, sind wir schon auf dem Heimweg."

Ein Rauschen fegte über die Lichtung, ließ Blätter aufwirbeln und peitschte mir die Haare ins Gesicht.

Murtik, Escudek und Goreg flogen zwischen uns herab und landeten mit einem dumpfen Aufprall auf dem Boden. Sie hielten ihre Flügel ausgebreitet und versperrten uns den Weg zu meinem Bruder und seinen Männern.

Die Gefolgsleute meines Bruders jaulten auf. Vielleicht waren sie nicht so zuversichtlich, dass sie Wölfe, Orks, Oger *und* Gargoyles besiegen konnten?

„Wir wollen nicht kämpfen", grummelte Escudek. „Aber wenn ihr versucht, Luna mitzuschleppen, werden wir die Sache beenden und das Ergebnis wird euch nicht gefallen. Verschwindet."

„Schnappt sie euch", rief mein Bruder.

Um die Gargoyles herum konnte ich nicht viel sehen, aber es reichte aus, um mich zu erschrecken. Mein Bruder und seine Gefolgsleute rannten in unsere Richtung.

Meine Wolfsfreunde stürmten mit gefletschten Zähnen und in den Boden gegrabenen Krallen auf sie zu, allen voran Storm. Er überholte die Gargoyles, die ihre Flügel eingezogen hatten und Gefolgsleute angriffen. Fäuste und Klauen trafen auf die schwarz gekleideten Männer und Schmerzensschreie hallten über die Wiese.

Max und Gunner schwangen ihre Waffen und stürzten sich in die Meute.

Raze kämpfte mit prägnanter Präzision, schnitt mit seinem Brieföffner, wirbelte herum und schlug mit seinen Fersen und seiner Dreilochzange zu.

Die Gargoyles schnappten sich die Männer meines Bruders und flogen über die Baumgrenze, bevor sie sie abwarfen. Auf ihre Angstschreie folgten das Brechen von Ästen und dumpfe Schläge.

Gefrorene Cupcakes flogen wie Softbälle durch die Luft, trafen Köpfe und warfen einige Gefolgsleute zu Boden.

„Nehmt das", rief Rylee und ihre Stimme hallte auf der Lichtung wider, während sie die Männer mit einem Schwall gefrorener Cupcakes bewarf.

Ich konnte nicht hier stehen, während alle anderen meine Kämpfe austrugen. Mit zusammengebissenen Zähnen rannte ich auf meinen Bruder zu, der mit Storm kämpfte. Storm bäumte sich auf und seine Pfoten knallten heftig auf Vincents Schultern. Seine Schnauze schnellte nach vorne; seine Reißzähne waren bereit, Vincents Kehle herauszureißen.

Vincent schrie vor Angst und klammerte sich an Storms Halskrause, drehte sich und kämpfte, um Storm davon abzuhalten, seinen Hals zu zerfetzen.

Mein Gefährte hatte sich in eine wütende Bestie

verwandelt, die entschlossen war, mich zu beschützen, selbst wenn es ihn das Leben kostete.

Ich schnappte mir einen Stock vom Boden. Ich kletterte hinter Vincent herum und schlug zu, wobei ich die Spitze in den Rücken meines Bruders rammte.

Mit einem Aufschrei riss er sich von Storm los, sprang zur Seite und rollte sich in der Hocke wieder auf.

Storm stürzte sich auf meinen Bruder und drückte ihn wieder zu Boden, knurrte und zerrte an der Vorderseite des dunklen Anzugs meines Bruders.

„Genug", rief eine steinerne Stimme.

Ich war mir nicht sicher, warum alle aufhörten zu kämpfen und den unglaublich muskulösen, silberhäutigen Mann anstarrten, der vom Hauptweg in unsere Mitte schritt. Vielleicht war es das unheimliche Leuchten hinter seinen blaugrünen Augen. Oder sein dichtes, schlangenartiges Haar, das sich um seine Schultern schlängelte und schnappte.

Als einer der Männer meines Bruders zustach und versuchte, Max mit einem Messer auszuweiden, wandte der silberne Mann seine blauen Augen in die Richtung des Gefolgsmannes.

„Ich sagte doch du sollst aufhören", knurrte der silberne Typ. Ein Gorgone? So muss es sein. Ich hatte ihn in der Stadt noch nicht gesehen.

Der Gefolgsmann erstarrte buchstäblich, seine Hand streckte sich nach Max aus. Seine Haut knisterte und knackte, als er zu Stein wurde.

Innerhalb von Sekunden waren alle außer Vincent in blassgrauen Stein umhüllt und für immer in der Position fixiert, in der sie sich befunden hatten, als der silberne Mann seinen blauen Laserstrahl auf sie richtete.

„Darrow", rief Gunner und ließ seinen Hammer fallen. „Du bist ein willkommener Anblick." Er grinste Vincent an, als dieser zurücktrat und sich zwischen seine Gefolgsleute stellte. Er starrte sie an. „Was …? Was …?"

Storm nahm wieder seine menschliche Gestalt an, stellte sich zu mir und schlang seine Arme um mich.

Ich klappte meinen Kiefer hoch, der heruntergefallen war, als Darrow zu schießen begann. Ich war mir nicht sicher, was aus seinen Augen gekommen war. Laser? Nein, das konnte nicht sein.

„Du bist ein Gorgone", flüsterte ich und Darrow nickte. In seinen Augen lauerten Zorn und Bestürzung und ich wunderte mich über die Bestürzung. Er hatte uns geholfen, aber würde er auch den Preis dafür zahlen?

Mein Bruder ging zwischen seinen Gefolgsleuten umher und blieb stehen, um einen nach dem anderen zu berühren. „Sie sind … Sie können nicht aus Stein sein!" Er drehte sich um und sah Darrow an. „Was hast du mit ihnen gemacht?"

Darrow richtete seinen Blick auf den Boden. „Ich habe sie aufgehalten. Willst du, dass ich *dich auch* aufhalte?"

„Bitte nicht. Er gehört zu mir", sagte Storm und überließ es mir, auf meinen Bruder zuzugehen. Seine Hände verwandelten sich in Klauen. Er würde Vincent in Stücke zerfetzen und ich wäre verdammt froh, meinen Bruder loszuwerden. Ich würde seinen Tod nicht betrauern, aber konnte Storm mit dem Wissen leben, dass er ein Mitglied meiner Familie getötet hatte, selbst wenn mein Bruder nur ein Stück Scheiße war?

Ich rannte nach vorne, packte Storms Arm und hielt ihn zurück.

„Lass ihn", sagte ich. Ich knurrte meinen Bruder an. „Geh und kehre nicht nach Monsterville zurück."

„Du musst mit mir zurückkommen", schnauzte mein Bruder. „Ich brauche dich für das Bündnis."

Ich starrte ihn böse an. „Wenn du willst, dass jemand diesen furchtbaren Mann heiratet, dann tu es selbst."

Der Blick meines Bruders glitt über den Boden und in seinen Augen erschien ein wilder Schimmer. Er schnappte sich ein Rohr und stürmte auf Storm zu. „Komm mit mir oder dein Geliebter stirbt."

„Nun das war sehr unterhaltsam", sagte jemand mit höhnischer Stimme von unserer rechten Seite. „Aber ich glaube, ich habe genug gesehen." Ein Männchen mit kupferfarbener Haut und dicken Hörnern, die sich über seinen Kopf wölbten, schritt aus dem Wald neben uns, sein Stachelschwanz zuckte. Er ging auf meinen Bruder zu, der so klug war, auszuweichen.

Das Rohr fiel meinem Bruder aus den Händen und er hob zitternd die Arme. „Lass das ... Wer bist du?"

„Meine Freunde nennen mich Venom", erwiderte der Dämon mit einem aalglatten Lächeln. Irgendetwas an ihm sagte mir, dass er Herausforderungen liebt, aber dass er jeden, der es mit ihm aufnimmt, schnell besiegt. „Da du kein Freund bist, kannst du mich Vengeance nennen."

Venom sah in meine Richtung, eine seiner dunklen Augenbrauen hob sich. Er spreizte seine Hände und das Licht schimmerte auf seinen Krallen. „Kann ich Vincent mitnehmen?"

„Ich ähm, sicher." Meine Erregung wurde von Entsetzen unterdrückt. „Was wirst du mit ihm machen?"

„Ich glaube, es ist an der Zeit, dass Vincent einen Vorgeschmack auf das bekommt, was ihm im Tod erwartet", erwiderte Venom. Er klammerte sich an den Arm meines Bruders. Ein Knall und sie verschwanden und hinterließen nichts als den schwachen Geruch von Rauch.

„Venom hm?" Mein Körper zitterte und mein Herz schlug mir bis zum Hals. Wir waren so nah dran, verletzt oder getötet zu werden. Mein ganzer Elan war aus meinen Adern gewichen und hatte nur einen zittrigen Körper zurückgelassen.

Als ich taumelte, fing Storm mich auf und nahm mich in seine Arme.

„Wer war das?", fragte ich.

Er grinste zu mir herunter. „Habe ich dir nicht gesagt, dass ein Dämon in die Stadt gezogen ist?"

Ein Dämon? Puh.

Um uns herum brach Jubel aus. Die Wölfe nahmen wieder ihre menschliche Gestalt an und tanzten um die steinernen Gefolgsleute meines Bruders herum. Die Gargoyles hoben ab und schwebten über die Wiese.

Darrow winkte in Richtung der Steinmänner. „Wenn ihr wollt, kümmere ich mich gerne um dieses Chaos."

„Werden sie für immer Stein bleiben?" Ich war mir nicht sicher, ob ich entsetzt oder glücklich darüber war.

„Ich habe ..." Er kniff seine herrlichen Augen zusammen. „Ich habe gelernt, wie ich die Steinernen zurückverwandeln kann, aber ich werde sie eine Weile in dieser Form belassen, um ihnen Zeit zum Nachdenken zu geben. Selbst in dieser Gestalt haben sie ein vollständiges Bewusstsein."

„Das wäre fantastisch", schmunzelte ich. Die perfekte Lösung. „Danke."

Ohne Vincent, der ihnen den Weg wies, würden sie in die Stadt zurückkehren. Einige würden in die entgegengesetzte Richtung laufen und am Ende mit mehr Weitsicht nach Hause zurückkehren, als sie nach Monsterville gekommen waren.

Vincent war die treibende Kraft innerhalb der Familie. Wenn er nicht zurückkehrte, würde jemand seinen Platz einnehmen, aber wer auch immer das Kommando übernehmen würde, würde sich nicht die Mühe machen mich zu verfolgen, vor allem nicht, nachdem die Gefolgsleute zurückgekehrt waren und erzählten, was passiert war.

Wer würde es wagen, es mit einer Monsterarmee aufzunehmen, um eine Frau zu fangen?

„Geht es dir gut?", fragte Storm und kraulte meinen Nacken.

„Ja. Du musst mich nicht festhalten."

„Möchte ich aber. Du hast einmal gesagt, das Leben gebe dir zu viel und nie genug. Was denkst du jetzt?"

„Ich habe dich. Unsere Freunde. Und einen Dämon, der meinem Bruder in den Arsch tritt." Ich küsste ihn, grinste und schlang meine Arme um seine Schultern. „Ich glaube, dieses Mal habe ich mehr als genug."

KAPITEL 22
Epilog
STORM

Eine Woche später

„Bist du sicher, dass es okay ist, wenn wir einfach so vorbeikommen?", fragte Luna mit zögerlicher Stimme, als ich meinen Jeep in der Einfahrt von Violet und Goregs B&B parkte. „Sie könnten irgendwie beschäftigt sein."

Ich stellte den Motor ab, schnallte mich und Luna ab und klappte meinen Sitz so weit wie möglich zurück. Mit einem Grinsen zog ich sie auf meinen Schoß.

„Liebes", sagte ich. „Wie kannst du daran zweifeln, dass du nicht nur in Monsterville, sondern auch bei Violet und Goreg willkommen bist?"

„Ich weiß", erwiderte sie und schlang ihre Arme und Beine um mich, so gut sie es mit dem Lenker im Rücken konnte. „Es ist nur ... Ich bin es nicht gewohnt, dass sich jemand für mich einsetzt. Selbst meine Mutter konnte nur so viel tun."

„Du bist nicht weggelaufen, was bedeutet, dass du dich für dich selbst eingesetzt hast."

Sie nickte. „Du hast recht. Ich weiß das. Wir haben es gemeinsam getan. Die Gefolgsleute meines Bruders kamen und unsere Freunde haben mir geholfen, jeden Einzelnen von ihnen zu besiegen."

Ich stieß ein leises Lachen aus. „Dafür können wir uns vor allem bei Darrow und Venom bedanken."

„Du hast Vincent herausgefordert." Sie lehnte ihren Kopf an meine Brust. „Du warst glorreich. Aber Venom." Ihre Stimme klang herausfordernd. „Ich glaube ich habe mich in unseren ansässigen Dämon verknallt. All diese gebräunte Haut. Diese Muskeln." Sie lugte durch ihre Wimpern zu mir hoch; in ihren Augen lag ein Hauch von Schalk.

Ich lachte. „Du kommst nicht weiter mit deinen Sticheleien Liebes."

„Du hast recht. Er kann sich nicht mit dir messen."

„Venom wird deinen Bruder eine Zeit lang beschäftigen, aber ich bin sicher, dass er irgendwann freigelassen wird. Und wenn Vincent es wagt, sich hier noch einmal blicken zu lassen, wird nicht nur unser neu gewählter Sheriff darauf achten, dass er sich benimmt, sondern *ich werde* mich um ihn kümmern." Ich würde Vincent tief in die Wälder bringen und nur einer von uns würde wieder herauskommen.

Sie runzelte die Stirn. „Wer ist der neue Sheriff?" Ihre Augen weiteten sich. „Oh Venom?"

„Keiner ist gegen ihn angetreten." Wer wagt es, sich mit einem Dämon anzulegen? Es würde interessant werden, einen Dämon an der Spitze der Strafverfolgung zu haben.

Keiner würde auch nur einen Zentimeter aus der Reihe tanzen.

„Das ist ... erstaunlich." Die Spannung in ihrer Wirbelsäule ließ nach.

Violet und Goreg traten aus der Haustür und standen auf der obersten Stufe. Als Violet meinen Blick bemerkte, winkte sie, dass wir reinkommen sollten. Ich hob meine Hand, um ihr zu verdeutlichen, dass ich ihre Botschaft verstanden hatte.

„Ich habe immer noch ein schlechtes Gewissen, weil ich das Grauen in unsere schöne Stadt gebracht habe", sagte sie und schürzte ihre Unterlippe. „Wir hatten Glück, dass niemand ernsthaft verletzt wurde."

Wir hatten nur ein paar Schnitte und Prellungen erlitten, die sie alle abtaten. Alle wollten Luna helfen.

„Willst du stattdessen ein Picknick im Park machen?", fragte ich.

„Es liegen drei Zentimeter Schnee auf dem Boden." Sie hatte heute Morgen einen Schneemann gebaut und der Anblick ihrer rosigen Wangen und leuchtenden Augen, als sie ihren Freund vorführte, ließ mein Herz erschauernd zum Stillstand kommen. Ich nahm sie in meine Arme, küsste sie bis sie stöhnte und nahm sie mit ins Haus, um sie aufzuwärmen.

Mein Blut sang noch immer von der Magie, die wir gemeinsam geschaffen hatten.

„Wenn du ein Picknick willst, verwandle ich mich in meine Wolfsgestalt und kuschle mich neben dich. Das wird dich warmhalten."

Sie lächelte mich an. „Danke."

„Wofür?"

„Dafür das du mich zum Lächeln bringst. Dafür, dass du mein Leben komplett machst." Sie legte den Kopf schief und schaute zu mir hoch. „Warum sitzen wir in einem kalten Auto, Storm? Wir müssen reingehen!"

Lachend stiegen wir aus meinem Jeep und gingen den Weg hinauf.

„Ich dachte schon, wir müssten euch aus deinem Auto zerren", lachte Violet. „Ihr könnt später rummachen."

„Aber sicher Violet", erwiderte ich und drückte Lunas Hand.

Sie drückte zurück und sagte mir, dass sie später auch zum Knutschen bereit wäre.

Wir hatten darüber gesprochen zusammenzuziehen. Ich hatte ein hübsches kleines Haus, in dem wir die meiste Zeit verbrachten und sie hatte mir erzählt, dass sie Kartons aus dem Supermarkt geholt und mit dem Packen begonnen hatte. Das Leben könnte nicht besser sein als jetzt.

Wir gingen die Treppe hinauf und betraten das große, helle Foyer hinter Violet und Goreg.

„Willkommen", sagte Onkel Bub und schritt mithilfe seines Stocks vorwärts. Granny Vi hielt sich an seinem Arm fest und als sie sich näherten, zwinkerte sie mir zu und grinste Bub an.

Du gehst ran Schätzchen. Man oh Man.

Ich habe sie beide umarmt, ebenso wie Luna.

„Kommt mit ins Wohnzimmer", schmunzelte Onkel Bub und deutete mit seinem Stock in die Richtung. „Warum lässt du sie im Foyer herumstehen Violet?"

Sie verdrehte die Augen und folgte uns ins große Vorderzimmer.

„Überraschung!", rief eine große Gruppe von Leuten.

„Oh Wahnsinn." Luna umfasste ihr Gesicht. Ihre Augen glitzerten vor Tränen, als sie unsere Freunde sah, die sich versammelt hatten, um sie zu begrüßen, und das Banner "*Willkommen in Monsterville LUNA*".

„Der Papierkram ist noch nicht offiziell", flüsterte sie.

Letzte Woche gingen wir zum Rathaus, um den Prozess der rechtlichen Änderung ihres Namens in den von ihr gewählten Namen einzuleiten.

„Du bist Luna für uns", sagte Chastity und schritt mit ihrem Neugeborenen im Tragetuch auf der Brust voran. Das kleine Mädchen war wach, es gurrte und strampelte mit den Füßen. Sie sah genauso aus wie ihr Vater, von der grünen Haut bis zu den winzigen Stoßzähnen. Chastity umarmte Luna und trat dann zurück in Max' Arme.

„Ich finde es wundervoll, dass du dich für den Namen Luna entschieden hast und nun mit einem Wolfswandler verpaart bist", erklärte Max.

„In meinem Herzen", erwiderte sie. „Muss ich bereits gewusst haben, dass der Name perfekt ist."

„Du bist perfekt", grummelte ich, legte meinen Arm um ihre Schulter und führte sie durch den Raum.

„Ich habe Cupcakes gebacken", verkündete Rylee. „Das heißt heute früh. Es sind keine gefrorenen, wie die, die wir ..." Sie hustete. „Na ihr wisst schon."

„Nochmals vielen Dank", schmunzelte Luna, während ihr die Tränen über die Wangen liefen. Ihr Grinsen zeigte der Welt, wie glücklich sie war.

„Jederzeit." Rylee lächelte zu Gunner hoch, der neben ihr stand. „Wir haben ein paar im Gefrierschrank gelagert, nur für den Fall, dass unser neuer Sheriff Hilfe braucht."

Ich konnte mir nicht vorstellen, dass Venom einen

Cupcake isst, geschweige denn ein Gefrorenes als Waffe benutzt, aber vielleicht hat er eine weiche Seite, die wir noch nicht entdeckt haben.

Gunner schüttelte mir die Hand und wir dankten ihm ebenfalls. Sein kleiner Sohn saß auf seiner linken Schulter. Der Junge starrte immer wieder auf die Cupcakes und bald war sein Gesicht mit Zuckerguss verschmiert.

„Raze lässt grüßen", sagte Gunner. „Er musste weg, um bei der Planung einer Hochzeit in Petrified Woods zu helfen."

„Hilfe?", fragte ich. „Jemand brauchte mehr als einen Hochzeitsplaner?"

Gunner zuckte mit den Schultern. „Der Freund der Braut hat sich um einige Dinge gekümmert und Raze um den Rest."

Zwei Hochzeitsplaner, hm? Raze machte auf mich den Eindruck, dass er selbstbewusst mit allem umgehen kann. Jemandem wie ihm würde es vielleicht nicht gefallen, den Job zu teilen. Würde ein Feuerwerk in den Himmel schießen? Vielleicht würden wir es später von Gunner erfahren.

George und Fiona eilten zu uns herüber und umarmten uns.

„Es tut mir leid, wie ich mich bei unserer ersten Begegnung verhalten habe", seufzte Fiona und warf mir einen zerknirschten Blick zu. „Ich hatte kein Recht, das zu tun. Du verdienst Glück Storm, und ich bin froh, dass du es mit Luna gefunden hast."

„Schon vergessen", erwiderte ich und küsste sie auf die Stirn. Das bittersüße Gefühl, das ich für Marlie in meinem Herzen trug, verblasste und wurde durch Trauer über ihren Verlust und Hoffnung auf meine neue Zukunft ersetzt.

„Ich kann dir nicht genug danken", erklärte Luna.

Wir unterhielten uns mit unseren Freunden, aßen abwechselnd vom Buffet und standen vor dem Kamin, um die Wärme der Flammen zu genießen.

„Ich liebe es hier in Monsterville", flüsterte Luna. Sie drehte sich in meiner Umarmung um und zog meinen Kopf für einen Kuss nach unten.

„Hier gehörst du hin Liebes", erwiderte ich und hielt ihr kostbares Gesicht.

„Du hast recht." Ihr tränenüberströmter Blick fiel auf unsere Freunde, die lachten, während wir alle zusammen abhingen. „Ich gehöre hierher. In Monsterville habe ich endlich ein Zuhause gefunden."

Ich hoffe, dir hat die Geschichte von Storm und Luna gefallen!

Der nächste ist Whose Bed Have Your Claws Been Under . . .

Meldet euch für meinen Newsletter an und erhaltet ein kostenloses Buch!
Geleitschutz für einen Alien

serien auf deutsch von ava

Galaxie-Spiele

Bestialischer Alien-Boss

Die Schicksalsgefährten der Ferlaern-Krieger

Feiertagsdate mit einem Alien
(Frost, Sleye)
(Science-Fiction Weihnachtsgeschichten)

Monsterville

whose bed have your claws been under

Mein Ex-Freund wurde in eine Medusa verwandelt und er hat ein Auge auf mich geworfen.

Vor zehn Jahren war ich überzeugt, dass ich eines Tages meinen Highschool-Freund Darrow heiraten würde. Aber als ein verrückter Wissenschaftler an ihm und anderen in Petrified Woods experimentierte, wurden sie in Monster verwandelt. Meine Eltern schleppten mich aus der Stadt, bevor ich mich vergewissern konnte, dass es Darrow gut ging. Kurz darauf sagte man mir, dass er gestorben sei.

Jetzt bin ich wieder in Petrified Woods, um bei der Hochzeit eines Freundes die Trauzeugin zu sein. Und rate mal, wer der Trauzeuge ist?

Darrow.

Er ist nicht tot.

Sein stählerner Blick könnte mir mit einem einzigen Blick das Herz durchbohren.

Und er ist sauer auf mich, weil ich ihn verlassen habe.

Whose Bed Have Your Claws Been Under? Ist ein Teil der Monsterville-Serie. Jedes Buch kann für sich alleinstehen, aber am besten liest man sie in der Reihenfolge. Freu dich auf romantische Verwicklungen mit Monstern, erotische Momente und Happy Endings.

Entdecke die ganze Welt von Monsterville!

Candy for my Ork Boss
Ork Me Baby One More Time
Gargoyles Just Want to Have Fun
Don't Go Knotting My Heart
Whose Bed Have Your Claws Been Under?
Uptown Oger
Oops, I Elf'd it Again
My Ork-y Breaky Heart
Hold Me Closer, Fiery Phoenix
Who Let the Dämon Out?

über den autor

Ava Ross ist *USA Today*-Bestsellerautorin mit zahlreichen veröffentlichten Werken. Sie verliebte sich in Männer mit ungewöhnlichen Merkmalen, als sie zum ersten Mal *Star Wars* sah, wo außerirdische Kreaturen zum Mainstream geworden sind. Sie lebt mit ihrem Mann (der leider kein Außerirdischer ist, obwohl er auf seine Art trotzdem süß ist), ihren Kindern und ein paar Haustieren in Neuengland.

Printed in Poland
by Amazon Fulfillment
Poland Sp. z o.o., Wrocław

51275328R00111